三日月

三日月

輕世代
FWoo
出包
トラブル
魔法使
1
兔耳娘的高中保父
竹日白 著
白冬 繪

出包魔法使

1

目錄

出包魔法使

人物設定

蛋白

性格：學習能力極高，因為眼神微垂的關係，表面上看起來很軟弱。

技能：「同步能力」的「絕對治癒」、「電擊」

最喜歡的：冬司

最討厭的：太陽

世音

性格：爽朗明快的御姊，容易為冬司的事情情緒激動。

技能：零

最喜歡的：零

最討厭的：零

冬司

性格：淡漠、渴望平凡，因一直介意著雙親的意外事故，刻意淡出人群而顯得孤僻

技能：蛋白的主人兼操同使（操縱同步），使用火焰 。

最喜歡的：家人

最討厭的：無限定

楔子

星夜，萬籟俱寂——

以綠色為主調、看似雜物房的小屋裡，五隻種類不同的兔子豎直了耳朵，向角落退去。牠們用後腳站起來，姿態無不戒備著。

獨獨只有一隻，跟其他都不同。

牠全身的毛，純白得讓人不敢沾污。

牠柔弱得……散發著一種讓人很想抱住保護的感覺。

牠沒有逃。

牠的視線對上那名打開小屋，造訪的不知名的老人。

「想……成為人類嗎？」老人吐出了一句話，出人意表。

然而，這句話似乎出乎意料地傳達給了那隻兔子，對那隻兔子有著莫名的魔力。

於是，純白的兔子向老人跳去……

ch1 蛋中的兔耳娘

「吶——冬司，要回去了嗎？」

「妳不是已經走了嗎？」

跟我說話的是世音，我的鄰居兼青梅竹馬。

……該怎麼說呢？

升上高中後，世音好像愈來愈怪，每次面對著我的時候，不是很溫柔就是變得非常扭捏，不過，她有點強硬的性格還是沒甚麼改變。

而且，高中之後每個女孩也總會化點妝吧……

以前的她，是那種長度及肩、束成馬尾的黑髮，但現在開始微微染成咖啡色，和以前的清純形象大不同……果然，女生在十六、七歲就會喜歡轉換造型一下吧！

不過幸好，她並不是特別讓男生瘋狂迷戀的偶像類型的女生，所以，我跟她一起時也比較自由。

當然，我們並不是在交往的關係。

我們只是青梅竹馬、家人兼鄰居關係而已。

只不過，女生在高中之後，身邊都會黏著或多了一個名為男朋友的人在，但，世音卻沒有。

我有時不免想，如過我們只是鄰居關係，她還會來找我嗎？

我因為從小就失去父母，鄰居的世音父母便注意到我的存在。從某個時候開始，我常受到他們的邀請，到現在，幾乎每晚都會在世音家吃飯。

而在之前，我都幾乎吃泡麵度日。
偶爾，我想過會不會打擾到他們？
不過他們始終很熱心招待我，最後，我便慢慢地習慣了……
十八年來，除了自小雙親就先後離世和失蹤的意外，我這個人，依舊地在這灰色的世界中生存。
只不過，我想追求的平凡大概永遠都得不到。
我也不清楚這世上有多少人的情況跟我差不多，只不過，就像一般小說裡最常見的情景，我曾有過幾次「第三類的接觸」。
印象中，我小時候心臟有很嚴重的毛病，至於是什麼，我自己不太清楚，就算現在要我去想也記不起來。
我只知道，在我胸口靠近心臟的位置有個微小而精緻的疤痕。
那是我的病奇蹟般好轉，醫院批准我回家休養的事了。
那時，明明我還躺在自己的睡房，但朦朧的視線中，我躺的地方的視角前，散發著微弱的光芒。
為什麼我會在這裡？
我實在不知道，只記得意識模糊得令我根本睜不開雙眼。
當我清醒過來時，我整個人卻站在馬路中。
疑惑中，我聽到身後的吶喊，緊接著我就被大力推了一下，然後，巨響就從身後傳了出來。

我猛回過頭，我爸爸被輕型貨車撞飛了，躺在血泊中。

他救了我，但救不了自己。

而我，至親的人在我眼前真實地死去，我居然一滴眼淚都沒有流出來。

這令我覺得恐懼。

但自從我老爸死去之後，我就逐漸健康起來，甚至就連復課也沒問題了。

可，這又怎麼樣？

當辦完我老爸的身後事後，我老媽沒有了以前的陽光氣息和笑容。

換言之，家裡剩下的只有冰冷和悲傷。

這情況持續到某日我回家，我老媽不見了。

我報了警，但警方整整找尋了半年的時間，卻沒有任何回音。

我老媽，就像從人間蒸發了般，除了他們的遺產就沒有留下什麼，也沒有跟我說些什麼……

這就是，我的童年回憶。

我認為，這就是我的「宿命」。

我深怕這樣的宿命可能會傷害到甚至害死別人，不知不覺間，開始跟別人保持距離，所以就算有其他親人收留我，還是堅決留在這裡。

而我的鄰居看到這個情況，就收養了我。

也因此，我在那時便認識了世音。

「妳接近我，可能會死的。」我曾經跟她這麼說過。

但她不以為然，只當聽笑話般笑了一笑，就算我不理她，仍然主動接近我。

漸漸地，我對她敞開了心扇。

不過，我還是不想波及到更多的人，所以從不跟更多人接觸。

直至上了高中，我又遇到一個怪人——流馬。

原本在旁人眼中，我就是個獨來獨往、個性陰沉的獨行俠。

然而打從第一眼照面，他就一直纏著我，主動跟我這個看上去很怕生，只有一個朋友的孤僻鬼扯上關係。

「你接近我，可能會死的。」

我說了同樣的話，結果，他的反應也就跟世音差不多，先是大笑了幾聲，第二日照常約我翹課，帶我到處亂逛……

……我靠！我可是認真的耶！

為什麼這兩個傢伙都是這樣的反應？

我忍不住想大聲地抗議。

不過認識這兩個怪人後，也沒有什麼奇怪事發生。

所以不知不覺，我就只對他們兩個敞開心扉。

我偏頭看了看身旁那道俏麗的身影。

「我幫老師打點些事情，現在都做好了，你呢？」

「啊——我還要打掃兔屋，今天，妳還是先回去吧。」

我就讀的高中有養小動物。

放學後的黃昏，我都會到兔屋待上一陣子，如果當天不用打工的話，就會留得更久。

那是我的私人天地，我樂於享受那裡的空氣。

比起那裡，我更不想回到那個什麼都沒有，只剩下冰冷和空蕩，再沒有人等著我回去的家。

「要早點回來喔，今晚會很早開飯的。」世音習以為常地叮囑。

「嗯。」

跟她在兔屋前分了手，我打開那間綠色小屋的門。

這裡是飼養著兔子的地方，但常被人誤會成雜物房。

我開始整理被兔子們弄得很亂的雜草，然後補充水和食物。不知為何，只要跟那些兔子待在一起，我就會特別感到安心。

這也是我上學的第二個動力。

這兔屋本來養了五隻兔子，其中有隻全身毛色純白的兔子很黏我，我私下為牠改了個名字——月兔。

但，半年前牠卻突然消失了。

自那時起，我就感到有點寂寞。

我重新替兔子換上新的乾草，順勢窩上了新鮮的乾草堆逗弄那些兔子。

沒預警地，我的手撈到了個溫熱的東西。

「……蛋？」我撥開草堆一看，卻找到了一顆蛋。

為什麼只有兔子的地方，會有蛋的存在？

我撿起了那顆蛋，有些意外、有些困惑。

它的大小和雞蛋差不多，不同的是，它有著白色外殼和粉紅色斑點，甚至散發著像是心跳的悸動……

為什麼會有這種奇怪的蛋出現呢？難道……這又會是奇怪的事嗎？

我對怪事向來是敬而遠之，不過，這顆蛋散發出生命的感覺且一直強調著自己的存在，令我實在不太想把它亂扔掉……

「就這樣拋在這裡，對蛋裡的生物未免太過可憐，還是把蛋孵化，把那隻生物養大，再放回來這裡吧！」

我這樣想著，決定先把這顆蛋帶回家。

以蛋生出來的生物，應該不會太可怕吧……

喀擦、喀擦——

假日的早上就被這種奇怪的聲音吵醒，如果你認為我會去睡個回籠覺的話，那就大錯特錯了。

我用最快的速度彈坐起，瞪向噪音源。

那已足撐滿半個衣櫥的……神祕巨蛋！對！除了這四個字，我真的找不到有什麼更合適的形容詞。

一個星期前，我把它帶回自己家的房間，用乾毛巾包好放入剛買回來的竹籃內，然後還打開燈，讓燈光發出來的溫熱給它溫暖。

沒想到一個星期過去，這顆蛋一日比一日還要大！

到後來，我好不容易把它收到大衣櫃內，還得一直把房門關上，以免被別人看到這個景象，特別是每天都會跑來我家的世音。

被她看到肯定當場暈倒，大概，就不只是揹她回隔壁家那麼簡單了。

就這樣，好不容易捱到星期五晚上。

那晚，跟世音家人外出用餐後，我回到家，卻看到衣櫃已經被蛋給擠得關不上了！

迫不得已，我只好再把那顆蛋慢慢搬出來，放到地上用被子包好下半部，然後，徹底實行房門封閉政策！

「反正明天是星期六，世音應該不會一大早闖進來我的房間吧……」

我盤算著，滿腦子都是那顆蛋的問題。

就這樣好不容易迷迷糊糊捱到早上，還在睡夢中的我卻聽到蛋殼破裂的聲音。

「我到底……把哪種怪物的蛋帶回家了啊？」

才睜開雙眼，便看到蛋殼上有著一道清楚的裂痕，登時，一種不妙的感覺閃過我的心中。

我走到巨蛋面前，全身怕得在抖著。

蛋殼上的裂痕已經把蛋殼分開一半，半個衣櫃這麼大的巨蛋開始慢慢一分為二，我不禁雙腿發軟而跌坐在地上，支撐著自己的雙手，不知道是因為麻痺還是感到恐懼，一直顫抖著。

靠！為什麼我會把蛋撿回來啊！

現在，我開始後悔帶這顆原本只有雞蛋大小的蛋回家了。

當時明明可以及早放棄，但，我並沒有那樣做，之後，我也曾經有過想把這顆蛋給扔掉的念頭，但每次我拿起它、抱起它，它就像知道我在想著什麼般，發出強烈的悸動。

「不要拋棄我……」它就像這樣訴說般地悸動著，每每令我打消了念頭，而如今，面對蛋裡面的生物的日子到了。

下一秒，我的下場，會是被蛋裡生出來的怪物給殺死嗎？

白色帶著粉紅圓斑點的巨蛋蛋殼漸漸裂開，我原以為會有腥臭的味道充斥著房間，但卻嗅到一股引人入迷的香氣。

……這是死亡之前的特別優待嗎？

我反射性地閉上雙眼，然而，什麼事都沒發生。

這是怎麼回事？蛋內的生物，應該自己弄開蛋殼跳出來了不是嗎？

好奇心驅使我張開眼睛，走到那顆蛋的面前，把手指伸進縫隙中用力撐開——

「女！女……」我嚇得整個人向後摔，女生……赤裸裸的女生！蛋內，居然有個渾身赤裸的女生正抱膝睡著！

我徹底傻眼，猛搖了搖頭，好不容易冷靜了下自己的思緒，當下想到只有一件事，先為她蓋上被子，然後把人給抬出蛋殼。

我立刻拿起自己的被子為她包上。

再仔細一看，她看起來大約十三、四歲，白中帶點淡淡粉紅色及腰的長髮上，有著一對小兔耳，兩對耳朵是半摺上的，身材纖細卻顯得曲線玲瓏，但是胸前，呃……很平……

呃！現在不是批評別人身材的時候，這樣對這女孩子來說很沒禮貌！

再次搖了搖頭，我下意識地想閉上眼睛，就在這時，那女孩頭上的兔耳朵微動，就像察覺到什麼一樣伸直了下，緊跟著她突然睜開雙眼，面對面直盯著我看。

「嗚哇——對、對不起！」我邊說邊退後，被她嚇得再次摔在地上。

女孩從蛋殼中站了起來，碧綠色的眼眸一直盯著我看。

「那個，我不是有心看妳的裸體……對不起！」我手忙腳亂地試圖解釋。

「媽……媽？」兔耳女孩跳出蛋殼，撲進我的懷中、抱著我。

「咦？」

我有聽錯嗎？為什麼不是大叫「變態！不要看！」這種說話？

這什麼跟什麼，哪個人來跟我解釋一下！

我稍為側頭看了下那個兔耳的少女，她的側臉貼到我的胸口磨蹭著，看來，完全沒有要從我身邊離開的意思。

「那個……妳是誰？」

「……媽媽？」她歪頭望著我重複。

我認識她嗎？為什麼她好像很喜歡我的樣子，還……一直叫我媽媽？

「那個……妳知道自己的名字嗎？」我再次詢問。

然而回答我的，只有那句「媽媽」和不停向我胸口磨蹭的動作，這傢伙……到底是沒有自己的記憶還是不懂說話啊？

哪個人可以跟我說，這星期所發生的事都是夢境嗎？

莫非近年來，我之所以一直沒有發生奇怪事情，能享受平凡的生活，全是因為那奇怪運氣一直積聚中，選在今日來個大爆發？

「媽媽……」兔耳妹眨著霧濛濛的眼睛，包在一條棉被下的春光要露不露。

我雙手扶地無語望天，看來我不止命怪，就連桃花運也這麼特異啊……靠近我的這個女生，甚至不是人。

我的感慨來沒持續多久，更恐怖的聲音從門外傳進來——

「早安！冬司，你醒了嗎？」

這是世音的聲音！為什麼這個時候的世音會在外面啊！啊啊啊——

「糟糕！糟糕！糟糕！要快一點把這個女生藏起來——」我一片混亂，如同遇上世界末日。

就在這時，房門已經被打開了。

世音不發一言地盯著我。

而剛剛準備把這女孩推開的我，雙手正放到她赤裸的肩膀上，糟糕了！這情況的確很糟糕……

啊咧——我不是鎖了門嗎？

「……所以，妳肯相信我了嗎？」

我一口氣說完之前的事，等待宣判地看著眼前的女性友人。

世音現在的心情都平復多了，但她望著我的眼神還很銳利……靠！這樣還不信我嗎？明明……連蛋殼都被她看到啦！

「……我相信了囉。」

「咦？」

「但，我還是不能接受剛剛的事啦。」

「嗚……都說我無辜啦。」

「哼！不過……」

「……又怎麼？」

「難怪你最近都心不在焉的樣子。」瞪了我一眼，世音轉向我身旁的兔耳妹，「對了，她叫什麼名字？」

「我不是說她沒有名字嗎？」

「沒有想過嗎？在她孵化出來之前。」

「沒！我平常可要應付妳耶！」我沒好氣地說道：「而且，我怎麼知道蛋內的生物出生後我會不會死？那是未知巨蛋耶！巨蛋！」

「嗯……」世音雙手抱胸，閉眼沉思，像是放棄跟我辯論的意思。

我也覺得這樣說下去，根本也沒有意思。

而那兔耳少女大概感覺到安全多了，身子顫抖得也沒有剛剛厲害。

「那……真白如何呢？」

「太普通了吧？」我翻了個白眼，不客氣地吐槽：「妳是用她的髮色來做準則嗎？」

「唯又如何呢？」

「好像不太好……」

「那，你說一個來聽啊！」被我連續拒絕了兩個名字，世音的語氣開始不耐煩。

於是，輪到我雙手抱胸、皺眉苦思。

「嗯……叫蛋白如何？」我乾笑了幾聲，解釋：「她是由蛋生出來喔？而且，頭髮是近乎白色的粉紅。」

「你……很好喔！」世音斜睨著我，眼裡帶著鄙視。

我也覺得自己根本沒有批評的資格……嗚，很想找個洞鑽進去啊！

「不過，聽你之前的解釋，她就一直叫你媽媽囉？」

「嗯啊——」

「那就用你改的名字吧！她一定會很喜歡的。」

「那麼，妳從今日開始就叫蛋白囉。」我用右手摸蛋白的頭。

「蛋……白？」蛋白好像感到很舒服的樣子，疑惑地歪著頭望著我，重複了我的說話……應該是聽不懂吧？

「蛋白。這就是妳的名字喔。」世音邊說邊靠了過來，也想摸摸看她的頭。

蛋白把頭往傾前，兩隻耳朵向上伸直擺出一個極度警戒的姿態。

但世音卻不以為然，向她的頭伸出手。

喂、喂、喂——蛋白的表情都變得陰沉了啦！

「蛋白，她不會傷害妳哦……」我連忙安撫。

蛋白因為聽到我的聲音而呆滯了一下，而世音在這時摸上她的頭。

蛋白瞇著眼，又再擺出一副享受的樣子。

「沒想到這朵耳朵是真的耶！但她還有著人類的耳朵啊……」世音說著，順手摸了摸蛋白的人類耳朵。

「嗯、嗯……」蛋白呻吟著把身子縮起，雙手從被子伸出來抱緊著我，頭都貼著我的臂膀上，全身顫抖著。

又再次看到那半裸的身體，我連忙別起了臉把視線移開。

「喂——我做錯了什麼嗎？」世音連忙把手縮了回去，快速把被子再披好。

嗚——謝啦！

我大鬆了口氣，乾咳了幾聲猜測：「大概她很敏感吧……而且妳想摸她的時候，她都對妳抱著警戒喔。」

「有這樣的事嗎？」世音驚訝地眨了眨眼，然後站起身：「不過，你還記得我為什麼現在來找你嗎？」

聽她這樣說，我連忙努力回想一下，畢竟因為蛋的關係，我這個星期都過得心不在焉，其他事都不怎注意到……

「算了吧……反正我只是買東西而已！」世音撇了撇嘴。

「是喔，我居然忘了這回事。」我拍了一下手說道，總算想起昨晚吃飯時，她好像有跟我說要我今天陪她出去……

「哎——幹嘛啦！」我的頭突然被世音的手刀砸了一下。

「討厭你就想打囉！」

世音哼了哼，指向我懷中的兔耳妹，「那麼，蛋白暫時借給我好嗎？」

「別把她說成東西耶！」我忍不住抗議。

「隨便啦……」世音大剌剌地揮揮手，「不過，蛋白現在都沒有屬於她的衣服吧？正好順道，連蛋白的都買吧！」

拉開房門，她回過頭對我做了個鬼臉，「我先把衣服帶過來讓她換，你可別偷看喔！」

「別把我看成變態！」

世音的行動向來乾淨俐落。

不一會兒，就拎著紙袋回房「劫人」。

不過，光是要誘拐蛋白暫時離開我身邊，就已經用上了不少時間。

而等我總算換好便服後，才正納悶等了許久都還未聽到世音的指示時，蛋白發出的尖叫聲驚天動地！

我連忙衝到了客廳。

只見世音躺在單人沙發上，整個人好像打過一仗般滿臉疲憊。

而蛋白就好像受驚似地向我撲過來、抱著我。

到底世音給蛋白換穿衣服是會有多恐怖，我想像不了……不過，原來世音也有像這樣白色連身洋裝的可愛衣服嗎？

我還以為，她的服裝全部都像她身上穿著的那件T恤和牛仔熱褲耶！

而且現在仔細看，蛋白真的比世音還要嬌小得多……

走出公寓的門，一股暑氣撲面而來。

現在連十二點都未過的啊……這月分的陽光，真的有點曬和炎熱啊！

我皺了皺眉。

而蛋白，則不肯離開陰涼的地方處，擺出一副抗拒的樣子望著我，像是說「我死都不要走出去一樣」。

「蛋白？」我不解地望著她。

「喔——我聽說兔子有個習性，就是很喜歡待在陰暗的地方。」世音解釋。

「蛋白像兔子嗎？」我反問。

「我都不知道！但，她有這對兔子耳朵啊……」世音說話的同時，又扯了下那對耳朵，似乎想確認真偽。

不過在蛋白擺出敏感的樣子時，她立刻就放開了手。

我都已經不知道想說什麼了……的確，蛋白是由蛋所孵化出來的奇怪未知生物，她的前身，真的只是兔子這麼簡單嗎？

我無法想像下去。

冷不防，馬路上一輛大貨車呼嘯而過。

在我身旁的蛋白立刻一縮，躲到我背後，眼神嚇得像壞掉一樣顫抖著。

「吶——世音，這個我真的要問了，兔子會怕車的嗎？」

世音朝我一撇嘴，「想知道，你可以站在馬路中央試試看啊。」

嗚……沒錯，世上哪有不怕巨大的物體迎面而來的人？

以上，的確是一句廢話！

我尷尬地撓了撓鼻心，乾笑了聲。

「……抱歉，剛剛是開玩笑的。」世音小聲說道。

「咦？」我有點意外，搞不懂她突然道歉什麼？

「那個……」世音轉開了視線，「我說了『馬路中央』這個……尷尬的字眼。」

我有點懂了，淡淡搖頭，「沒關係啦！如果不克服，那我真的什麼都要去怕了。」

那種事，雖然心裡有根刺，但長期維持那種心情根本對一切沒有幫助，只會令人更累而已。

「……你真堅強啊！如果是我的話，大概會受不了。」世音用佩服的眼神望著我。我望回她。說實在的，我會有今日都是多虧了她和流馬的支持。

至少現在，我身邊有世音和流馬……真的太好了！

「……沒關係的！沒事喔。」我說。

世音就把視線都挪開了。

「我還真希望，她會聽得懂我們說話啊……」

她走到我身後，用手摸摸蛋白的頭，然後，向她伸出了手。

蛋白的手縱使顫抖著，仍然慢慢地拉上世音的手。

就這樣，在半推半就的情況下，我們一行三人終於來到附近的商店街。

這麼一段路再加上這麼曬的環境，我的衣服早就有一半被汗水給弄濕掉。

我有點後悔，早知道應該為蛋白拿出一把傘出來才對！

不過在這麼酷熱的情況下，蛋白能夠維持雀躍的狀態四處跑，還真厲害啊……

沒多久，我們逛到了一家女裝服裝店前。

我開始產生抗拒反應，不想進去。

「沒什麼啦！放輕鬆，跟我們進去吧。」世音拍了下我的肩膀。

我受不了的翻了下白眼，在拳頭的威勢下從善如流。

「……快點啦。」三分鐘後，我開始第101次催促。

每次進來這種店，過程都很難熬，總覺得視線放在那裡都不太好，也不知是不是我的心理作用，每次來，總覺得有些視線望著我。

「你會緊張嗎？只是剛剛進來耶！」世音牽著蛋白，嘴上不饒人地嘲笑我，「怕什麼！冬司，這裡又不是內衣店。」

我也跟上去，「妳不用的舊衣服都給她不就好了嗎？」

「嗯……並不是所有衣服都適合喔，蛋白就是要穿可愛一點的……」

我無言，總覺得荷包痛起來了。

「錢的話，我也可以出一半喔。」

「不用了。」

這樣的話，我心裡會更過意不去就是了。

世音不置可否地聳聳肩膀，拿起一件T恤和熱褲擺到蛋白的身前。

「其實，我也想讓蛋白穿些哥德式的服裝喔！」她說著，又揉了揉蛋白的頭，「好像很可愛的樣子。好！就這樣，再選多一套吧！」

我忍不住也在腦海中想像了下，世音說得沒錯，是很可愛……但很難洗，而且也很熱吧！

「我也可以把自己的衣服都讓給她，但因為怕太大件，所以總要有一兩套給蛋白預備……總之，衣服配搭得好就可以了嘛，這種事就交給我吧。」

「妳還真貼心啊……」我看著世音，由衷道。

世音擺出一副扭曲的表情，又埋頭選衣服去了。

蛋白則待在我身邊，望著衣服發呆。

「不用試穿嗎？」

「這張牌子不弄掉的話，是可以拿回來換的。」世音拉著牌子說道。

「是喔……」

付錢後，我們跟著世音又進了專賣女性內衣與睡衣的服飾店。

「喂、喂……不會連我也要跟進去吧？」

「……冬司在門外等就好。」世音輕笑，「還有，這當作我送的就行啦。」

「真的嗎？這樣不太好了吧……妳又不用幫忙到這個地步啦。」

世音眉頭一擰，「什麼叫不用幫忙到這個地步？」

「畢竟蛋白對妳來說也是才剛接觸，做到這種地步……」

「有什麼關係！蛋白都把你當作是媽媽吧？」世音認真地看著我，「冬司也是我的家人，那就有什麼好顧慮的！」

「嗯……也是。」

我不再惺惺作態，把蛋白交給世音後就在附近等她們。

這時，我想起了以前的事。

曾經在國小時，因為家人的事而跟人打了一架，最後，世音的家因此而很懊惱。就在那時，世音就在伯母和世伯面前向我說了一句話：「如果你沒有家人的話，我就當你的家人。也當你的姊姊」。

那時因為怕自己會害到別人的關係，我不敢跟任何人來往，而世音這句話，卻感動了我。

這句話，令我再次感受到家人的感覺。

「……如果你沒有家人的話，我就當你的家人也當你的姊姊……嗎？」我呢喃著這句話，仰頭望向天空去。

現在的藍天，看起來好像比現前更為清新，彷彿就是雨過天晴一樣。

這種感覺，我很久都沒有感受過了。

好不容易總算買好所有的東西之後，早覺得餓壞的我，拖著世音跟蛋白來到附近的餐廳。

「蛋白她應該吃什麼啊？」我望著菜單，猶豫不決。

「嗯……」世音也有些困擾地建議：「不如就我先點一份跟蛋白一起分著吃，好不好？」

「那好吧……」我低頭望著菜單，「不過儘量健康一點，我們也不知道蛋白是會吃什麼的。」

「我知道了啦。」世音道。

我望著蛋白，她也正努力地看著一張餐單……嗯，都應該看不懂了吧？

「啊，對了，世音，妳不是要買自己的東西嗎？妳都好像只是陪我們耶。」我忽然想起世音約我的目的。

「咦？啊！都不是什麼特別想買啦……只要跟你一起就好……」世音埋頭看著菜單，說得結結巴巴。

「啥？我聽沒聽清楚……」

「哎呀——總之就沒什麼啦！」

既然沒事，就算了吧……我聳聳肩。

解決了民生需要，我們又在寵物店和雜貨店買了兔子吃的乾草，及其他的日常用品以備不時之需後，便打道回府。

過程算是平和順利，除了期間，世音一直用著奇怪的眼神盯著我看之外。

我檢查了一下一日購物的戰利品。

「兩件日常用的衣服和一件睡袍，對蛋白來說應該足夠了吧……」我心想，不過，如果蛋白有著一對兔耳，那，我應該要把她當是兔子看待。

因為對兔子的相關資訊還不算熟識（我只是負責拿那裡的飼料餵食、打掃及逗牠們而已），我上了最可靠的 google 去搜尋資料。

「兔子高興時會跳起來……」

嗯！這個說得對！

蛋白破蛋而出時，就跳撲到我身上，不過，飛撲有時好像不是什麼好事就是了。

「兔子喜歡陰暗的地方，特別是洞洞。」

剛剛我還把她帶到街上……天氣還那麼曬，我豈不是間接折磨了她嗎？

看來這個我要注意了。

但是，她剛剛還有點活躍就是了。

總括來說，蛋白剛剛好像有一次準備反擊的狀態，因為她一出生，似乎把我以外的人都當成敵人吧？

不過被世音逗弄了一下後，又在剛剛一起走上街似乎也沒什麼反感了。

「如果用鼻子碰你的話……嗯、嗯？」

話未說完，我就被坐在我旁邊的蛋白用鼻子輕碰著肩膀。

「……就表示，想你跟牠玩。」我望著她，低聲說道

坐在我旁邊，會是一件很沉悶的事嗎？

蛋白就窩在我身旁，像是對電腦也充滿好奇般一直緊盯著螢幕。

我忍不住懷疑，那些知識真的可以應用在蛋白身上嗎？

即使外表是人類也好，但，她骨子裡大概還是一隻兔子吧？

蛋白又用鼻子蹭了蹭我的肩。

我稍為推開她後，她又再緊緊挽著我的手臂，向我不滿地噘著嘴。

「妳就等一下嘛！我現在很忙……」忙著想照顧妳的方法。

我把視線移回電腦的螢幕上。

碰巧，文章寫到教兔子上廁所的方法。

不過對有人類外表的蛋白來說，應該沒什麼問題吧？教她到廁所，再說幾句應該會懂吧？就像剛剛她用湯匙吃飯一樣，看一眼就懂了。

我再把網頁往下拉，沒想到真正教兔子上廁所時，居然要用上很麻煩的東西。

「不！沒問題的，我相信蛋白不需要這樣去教。」

我倒吸了幾口氣，接著往下一看，文章最後補上了句令人傻眼的說話——

——若牠吃回自己的糞便，是一種吸收維他命B的方法。通常，牠們會由自己的肛門處拿糞便來吃，是一種正常的現象。

「不！蛋白真的會吃那種東西嗎？不可能、不可能、不可能！」我乾笑。

或許飼養兔子時，這是常識才對，但，怎會有這樣的事呢？

有點覺得負責處理這方面的校工叔叔們，辛苦了……不過，蛋白即使有著兔子的身體語言和心理特徵，但，她挽著我手臂的行為和外表，都很像人類啊！

至少她會說話……雖然，頂多也是叫我媽媽。

「要……再找一下什麼食物可以代替那種東西嗎？」

不要問了，這一定要去做的，不過……還是先再測試一下，如果看到一坨屎會看到什麼反應好了。

沒記錯的話，某個地方的拍賣網好像因為某些事而真的把屎都拍賣出來，那樣品圖片應該還在吧……

我點開網頁。

「喔，還在這裡……什麼！最高叫價六十元？」

我撈過蛋白，指著那坨屎的圖片，「蛋白，妳看一下……」

「嗯！嗯嗯嗯──」蛋白探頭看了一眼，立刻抱緊了我的手臂，把頭都埋進手臂中，哭著似的嗚嗚叫著。

的確，光看就覺得噁心啦……

「對不起……」我摸著蛋白的頭安撫，雖然，我也知道自己做了件很過分的事，但知道她很抗拒的話，就放心多了。

鬆了口氣，我用另一隻手快速按下了 Alt+F4 的快捷鍵，關掉網頁。

忙活了好一陣子，回過神來已經是晚上了。

剛剛教蛋白的自理能力，她都好像漸漸搞懂，只有在某方面，我實在不太知道怎樣去教……

嘛……反正終於有閒下來的時間，接下來，我得想想今晚應該在那裡睡覺了。

就這樣把自己的床變成蛋白睡的地方，自己就在客廳睡嗎？好像不太好耶……雖然以前在這個時候，小屋幾乎是漆黑一片，兔子們仍如常渡過，但如果兔子沒有同伴陪伴，那麼兔子會怕黑嗎？像兔子的蛋白會怕黑嗎？

我想太多了吧……兔子明顯都喜歡陰涼的地方了。

我想了一下，望著床邊地上。

為了安全，又不知道蛋白會搞什麼鬼的情況發生，我還是睡在地上好了……打定主意，我就從衣櫃裡拿出棉被和枕頭來。

「哈……哈啾！」

大概很久沒有使用的關係，一陣木味湧到鼻中，強烈的氣味刺激了我的嗅覺。

我擦了鼻子一下，轉眼一看，嗯……很好！我的床位已經被那隻未知的、類似兔子的人型生物侵占了。

我十分自覺地繼續進行鋪床的作業。

「……冬司，你在幹什麼？」

我回過頭，世音就站在房門旁。

「鋪我自己睡的地方啊！」指了指地上，我用力甩了被子一下。

「嗯……你對蛋白真的很溫柔耶！居然無私地把自己的床位讓給她。」

「羨慕嗎？」

「笨蛋！一輩子你就去睡地板吧！」世音挑了下眉，惡咒伴隨手刀一起砍過來！

「嗚哇——很痛耶！妳在幹什麼啊？」我沒好氣地抗議。

「對了，一會兒也叫蛋白一起來吃飯吧？」

「咦？為什麼？」難道伯母她們也知道蛋白的存在了嗎？

「把她一直關在這裡，不太好了吧？」世音認真地看著我，「而且看她這個樣子，應該也要讓她一起到學校去，見識一下外面的世界。」

「……妳在說笑吧？」我停下了把枕頭放入枕套的動作。

「不是。」

「嘛……反正妳高興就好！」我懶得去跟她爭論。

蛋白根本連一點相關知識也沒有，除非是校長開恩，不然入學根本是沒有可能發生的事！那比把「珠穆朗瑪峰」炸成盆地還要難。

忙活了半天之後，我想起了先前最難解決的那個問題——

「啊，對了，在吃飯之前妳可以幫我一個忙嗎？」

「嗯？什麼事？」

「教蛋白上廁所……」我一口氣說完。

想當然，世音立即用厭惡的眼神望著我。

「難道要我親自動手動腳去教嗎！她可是女生耶……」

「喔——也對喔！那麼就交給我吧。」世音十分乾脆地說道。

妳這個恍然大悟的反應真的很惹人反感、還有無故惹惱我也是……

我強烈地用眼神抗議，在世音想轉身離開房間前，繼續剛剛未完的話題：「對了，一會為什麼也要叫蛋白帶過去？」

「因為，我爸爸和媽媽都知道蛋白的存在了嘛。」

「啥？」我被雷得驚叫出聲。

「你放心好了，我把蛋白設定成從國外自己來到這裡找你的親戚。」世音解釋。

「那樣可行嗎？」

老實說，我連祖父母都沒有見過，更何況是海外沒有聯繫的親戚？而且就算有，我也不清楚。

先前在老爸的喪禮上見到的人，只有他的朋友和一些不太熟的遠親而已。

「總之，沒事啦！」世音拍著我的肩膀保證。

「……嘛，我就暫時相信一下妳吧！」

如慣例，我們兩家人（算是吧……總共有四人，世音的爸爸還未下班。），靜靜地吃著晚飯。

從小時候，我便一直在這裡蹭飯，現在變成了常例，而世音的家人，從以前開始就當我是家人般對待，順帶一提，世音媽媽的煎魚和味噌湯超美味的。

「這就是從國外來的親戚嗎？她好可愛呢。」世音媽媽湊近了點，看著蛋白。

我說啊……伯母，妳是不是無視了她的兔耳朵？

再怎麼看，蛋白的雙耳現在好像都不是下垂的吧……

我忍不住在心裡吐槽，而後拍了拍身旁的兔耳妹，「……蛋白，沒事的啦。」

還好，她聽得懂我說的話。

一瞬間，那雙緊盯著世音媽媽的眼神放鬆下來，然後，那對豎直的耳朵也垂了下來了。

「那麼，我開動了。」

伯母說完後，我們也跟著拿起筷子。

「……我……動了……！」蛋白生硬地吐出這句話，模仿著我們拿起筷子。

但因為握得不穩的關係，筷子又掉回桌面上。

「抱、抱歉，因為她以前住的地方都沒有筷子的，所以，她還不習慣。」我連忙把筷子撿起來，又示範了一次給蛋白看。

她很快就學會了，雖然動作生澀也有飯粒掉落到桌子上，但她仍然努力學習著。

「那個……這樣，會更打擾到你們吧？我以後都會自己準備好她的伙食的。」

「可以再依賴我們多一點喔！我們已經把你們也當家人般看待了嘛，冬司。」世音媽媽說著，溫柔地看著我。

家人……嗎？有種種懷念的感覺啊……自從我老媽失蹤後。

童年的事，縱使離現在已經有八年的時間，總覺得一切就像昨晚發生一般真實、刻骨銘心。

世音用望了我一眼，帶著安慰之意。

我坦然地望著她。

留在這裡是我自己決定，我相信我老媽一定還活著，我要留在這裡等她回來。

「唉呀——」世音媽媽低呼了一聲。

看到蛋白把整條魚夾起想放進嘴裡時，我連忙阻止了她。

她歪著頭，不解地望著我看。

「這個，要這樣吃的啦……」我把魚夾回碟上，為她去了骨後才讓她安心去吃。

「冬司真溫柔哩……」我好像聽到世音這樣子說。

對了，雖然就算怎樣努力也好父母都不在了，如果在沉浸在那種無謂的心情裡，這樣會好嗎？

而且，蛋白是個讓人操心的傢伙。

暫時把心思都放到她身上，放鬆一直以來緊繃的情緒，有時也不是什麼壞事……

我在難得放鬆的心情下渡過了晚餐時間，等和世音爸爸打過招呼，拎著蛋白回自己家處理完一些家務事後，已經頗晚了。

原本為了方便做事，我為百無聊賴的蛋白打開電視。

沒想到直到現在，她的視線仍然沒有從電視移開過。

不如趁這個時候，看看她會不會把剛買回來的乾草當零嘴吃吧……我想了下，把乾草的包裝微微撕開一角後，倒出一點到小碟子上。

當我拿著東西放到茶几上時，電視上，有個陷入瘋狂的大叔正在怒吼著，然後，猛力地拍了一下桌面，桌面上，唯獨橘子外其他東西都被掃到地上。

「恰●——」大叔持續怒吼，居然還拿著起橘子捏爆咧。

雖然很威，但這樣太浪費了吧……我心想，下意識地看了看蛋白，這傢伙學習速度頗快，但可別跟著學這種事啊！

「蛋白，來！」我拍拍她的頭，然後，把裝著乾草的碟子擺到她面前晃晃。

蛋白看到後，就接過碟子。

「咦？原來還會喜歡這種東西嘛……」我忍不住點頭。

碟子被放到茶几上，蛋白從沙發站了起來，繞到電視機面前，呆望著茶几上的一碟乾草。

「……咦？幹嘛？」我開口詢問。

蛋白望了我一眼，然後面容開始扭曲。

「恰●——」她舉起了雙手，雖然聲音沒有剛剛那個男人那麼雄壯，但分貝依舊嚇人！

「喂！妳這傢伙冷靜點！」我立即抓住她高舉的雙手。

偏偏蛋白跟我比著力氣，就算我多用力制止，她仍然不放棄似地，誓要把乾草連碟子打個稀巴爛！

我用右手緊扣著她舉起的雙手，立即伸手拿走碟子，舉到她觸不到的半空。

蛋白總算冷靜下來了。

「妳在幹什麼啦！」我問，怕她可能會發難，仍然用單手抱著她。

蛋白只是垂著耳朵，用厭惡的表情望著乾草。

「不喜歡吃這個嗎？」我又問，奇怪了？這不是兔子要吃的東西嗎？我記得，這個有磨牙的主要作用啊……

蛋白用力搖著頭。

我鬆開了她，然後按著她的臉蛋，她的嘴巴因此而被我打開。

我望向口腔內，幾乎是跟人類無異。

太奇怪了……到底眼前的這個人是什麼見鬼的奇怪生物？

我不由長吐了口氣，這時，家門被打開的聲音傳來——

我回頭望去，是世音走了進來。

她有我家的鑰匙，這其實不是什麼奇怪的事。

「……你又幹什麼啦？」世音用著奇怪的眼神望著我。

「那個……兔子會吃乾草的吧？我想試著讓她吃吃看……」

「唉……」世音按著太陽穴嘆氣，然後走了過來拉起了蛋白的手，「有時候，不一定把蛋白當成兔子般對待喔，可以試著把她當成人吧？」

「……說的也是。」就算有些真的是兔子的特徵，但她的外表還是人類，而且，心境狀態也是未知之數。

大概，是我把蛋白標上「不知道為什麼很親近我的未知生物」的標籤，而開始執著了吧……

定了定神，我有點不解地看著世音，「妳又來幹嘛？」

「喔，反正蛋白未必會洗澡吧？我是來跟她一起洗澡的。」世音說著，舉起拿在手上的環保袋。

「呃——那麼就拜託妳了。」

幸好，不用我真的去替蛋白洗澡了。

逃過了不知所措的尷尬，我打開熱水爐準備好一切，示意世音和蛋白進去浴室。而我自己，則坐在沙發上看電視等待她們。

沒多久——

「咿！呀呀呀呀——」

「哇！呀呀呀呀——」

首先是今日不怎麼作過聲的蛋白，然後是世音，為什我會聽到從浴室傳出來的幾陣慘叫聲？

我還沒反應過來，突然就聽到門被大力打開。

我起身想過去看看發生什麼事，冷不防，全身還濕漉漉的蛋白全裸跑了出來。

而且，我看到她被嚇怕得掉了幾滴淚珠出來，撲到我懷中緊抱著我，不停地喊著「媽媽」、「媽媽」。

我意識到發生什麼事的同時，立即別過面去。

然後，全身衣服都濕透了的世音也跟著走了出來。

「……咦？穿著衣服洗澡？」我半開玩笑地說道。

「你還敢說喔？好險我有穿衣服就是了……」世音雙手抱著自己。

「是這樣嗎？」

「還好我的預感應驗了。」世音長吐了口氣：「剛剛有一剎那，我真的把蛋白當成動物般看待，就是沒想到她的反應會如此大……對了，冬司，你也要過來。」

「咦？」

世音壓根兒懶得解釋，直接從我房間裡拿出一條毛巾和放在衣櫃底深處的雨衣，推了給我。

「我對你很好吧？已經把雨衣都丟給你穿喔！所以你要幫幫忙，站在蛋白旁邊讓她安心。」

「欸？」

「還有，戴上這個毛巾蒙眼吧。」

「這、這樣子不太好吧？」

「反正，對蛋白來說又沒關係……重點是你不要看就可以了。」
「妳這是什麼歪理啊！」
我的抗議照例被忽視無效。
現在，我站在浴室中，而蛋白則一直緊攀著我的身體不放。
幸好有雨衣的關係，我的身子並沒有這麼濕，不過，沒想到蛋白的胸部雖然很小，但殺傷力可不是唬人的，很柔軟……
……可惡！我到底在想什麼了？
我只是來鎮定蛋白的情緒，再加上我有蒙著雙眼，看到的只有黑暗啊！
「沒、沒關係嗎？」我勉強說著話，轉移注意力。
「嗯？你這樣子當然沒關係的喔。」世音的聲音，聽起來帶了點惡作劇的笑意。
「不……我說是妳。」我嘆了口氣：「妳這樣子衣服都會濕掉了吧？這樣一來，跟蛋白洗澡就沒有意義了囉？」
「我沒有關係。反正一會兒可以換。」世音頓了下又道：「那麼，不如這樣吧……冬司，由明天起，我都來到這裡真的跟蛋白一起洗澡，沒有問題吧？」
「我沒有關係，不過我再也不想這個樣子，妳會找方法讓她冷靜下來吧？」
「我知道了啦……我也會好好教育一下這傢伙的。」
現在，我讓出了自己的位置給那個未知生物睡覺。

而我，就睡在地板上。

地板比想像中還要更堅硬。但未來有多少日甚至永遠，我都會在地板上睡覺，所以，還是先習慣一下好了。

我呆望著天花板。

平常的電風扇的聲音，現在聽上來更像催眠曲一般。

雖然一整天下來，不及上世音辛苦，但現在的我卻出奇地非常想睡。正當我眼皮沉重，意識就要遠去之時，我被某種東西著地的聲音給吵醒，在朦朧的視線之中，我看見蛋白從床上滾下，掉到我旁邊。

我很想把她抱回去，但又超想睡……嘛，就一個晚上，什麼都隨便啦！

我就抱著這種想法，沉入夢境。

就這樣不知過了多久，恍惚中，我感受到某種很刺眼的光芒。

我睜開眼，發現自己就站在客廳的窗子面前。

「……明明是黑夜，為什麼會這麼明亮？」我心想，下意識打開窗簾一看，卻發現外頭是大得過分的月亮，正不合常理地掛在夜空之上。

所以……這裡是夢境沒錯吧？

我這麼猜著，冷不防，又聽見玻璃物品被輕輕放下的聲音從身後傳來。

我回頭望去，發現有個老人就坐在沙發之上。

大概留意到我在望著他，他慢慢地轉過頭，一瞬間，我們的視線就對上了！

莫名，我感到有股無形的壓迫感，這種感覺很真實，不像是在作夢……

「……該不會，我真的見鬼了吧？」我轉念一想，立即轉過身去，對著牆壁用頭猛力一撞！

我沒有感覺……不！隱約有點痛楚，到底，這是夢還是現實啊……我糊塗了！

「……你在幹什麼？」那個老人開口。

我轉回頭，見他正用奇怪的眼神望著我。

我該回應他問題嗎？算了！反正這是夢境，沒關係的……

「在測試這是不是夢而已。」我實話實說。

「當然是夢啊……對你們來說。」

「咦？」

「那麼，我就介紹自己吧。」老人起身面對著我，「我叫夏洛克，在你身邊的未知生物，就是我『創造』出來的……算是啦。」

咦？他說了什麼？創造？那個蛋白？

果然，這種天方夜譚的事還是只有在夢境裡才會發生……不過，慢著！如果這一切就是個很扯的夢境，那，蛋白的存在該怎樣去解釋？

「那麼，那個未知生物就原本屬於是你的東西嗎？」我定了定神，便問。

老人搖了一下頭，繼而又道：「少年啊，你好像在煩惱嘛……是關於蛋白的事嗎？」

「為什麼你會知道？」讀心術？不可能吧……

「該怎麼解釋呢？嗯，我相信根本解釋不了吧……就像為什麼一加上『一等於二』一樣，我只能說這是定律，在『構想空間』裡的定律。硬要解釋的話，這裡是我『創造』出來的一個『擬似空間』而已。另一個說法，就是創造一個像夢那樣，能夠無時間限制地進行對話。」

「那麼，你是怎樣去創造出來呀？」我完全搞不懂他剛剛說了什麼……

「魔法。」老人眨了眨眼，

「魔法？」我笑了。他說自己會用魔法，還是我最近有看過什麼關於魔法的事，而日有所思呢？

有個說法是，男人一到三十歲維持童貞就是「魔法師」，我看他這樣子，根本就是「大賢者」。

「你真沒禮貌耶！雖然『賢者』我也很想當，但，並不是你所想的那樣。」老人說著，用手在半空之中劃了一圈，霎時，我的奶頭就有種被咬一樣的強烈痛楚！這根本……根本跟被夾子用力夾緊一樣痛不欲生！

為什麼只有右邊的奶頭痛得這樣子？

我按著胸部，坐倒在地板上縮成一團。

老人再劃上一圈，之後什麼我胸口的痛楚就都消失了。

「我早就說了，這是我創造出來的擬似空間。」老人幸災樂禍地笑了一聲，伸手扶起了我，「接下來，我想你聽我說些話，這關乎到你跟蛋白的未來。」

我神色一動，有些迫切地等著他的下文。

「話說回來啊，你覺得她怎麼樣?很可愛嗎？」老人慢條斯理地笑問。

「……快進入正題吧！」我沒好氣地說道：「關於創造了她什麼的，她本身……不對，那顆蛋是屬於你的東西嗎？」

「不是，她本身就是屬於你的，我只是個實現她的願望的角色而已。當然，我也要她和你幫我一個忙，作為她存在的代價。」

「幫忙？」我不解地皺眉。

「這是我創造出來的『魔法使的遊戲』，規則很簡單，就是跟我叫作魔法生物的她們一起戰鬥，直至剩下一個魔法生物生存，就是這個遊戲的勝利者。」

……只剩下一個魔法生物生存?

「你該不會在說笑了吧。」我不由握緊了拳頭。

「我的樣子，像在說笑嗎？」老者微瞇著眼，把臉靠近了我。

「所以，你就別開玩笑啊！」我低吼，拳頭揮向那老人。

同時，剛才強烈的疼痛再次傳出來。

「你……到底想怎麼樣？」我只能在地上痛苦打滾，死盯著那老人看。

「讓我見識一下，陷入於慾望的你們吧！」老人冷眼地俯視著我，「因為，在遊戲勝出者，我會讓他實現任何一個願望。」

「願望……」我腦海閃過雙親的身影，但是，但是……

「你……你到底當她們是什麼？」我忍不住質問：「為什麼剛從一出生，就要立刻面對死亡的恐懼？」

「當作什麼？嗯，我只能說這世界的生物太有趣了。每個生物都會有『愛』這種感情喔。」

「那又怎樣？」這一切……未免太過殘酷了吧！

「少年啊……」老人的眼神變得陰霾，身體開始消失，慢慢地化為塵埃，「如果你認定自己是個不會陷入慾望的人，你就証明給我看吧。」

「……你根本是瘋了！」痛楚更加強烈，我痛得閉上眼，頭腦一片空白。

「我不想聽你用說的！去証明給我看，我會再來這裡找你的。」

我想跟他爭論下去，但卻毫無頭緒。

蛋白先前是怎麼樣的？她為什麼總是喜歡黏在我的身邊？我為了什麼會讓她待在我的身邊？我一定要跟蛋白一起殺掉所有連我都不知道的「魔法生物」嗎？

有太多問題，連我自己也感到疑惑，然而，我的意識逐漸遠去……

「……哎！」就像作了個惡夢，我驚醒過來，剛剛的睡意全部消失無蹤。

我確實感受到自己還躺在地板上，堅硬的質感確實在地由我的後背散發，但剛剛的夢很真實，以至於我也開始有點分不清楚什麼叫現實了。

胸前隱隱還感受到痛楚，我下意識低頭，第一眼望到的是一對兔耳，再望下去，是蛋白……

「……妳在幹什麼啊！啊啊啊啊——」我忍不住放聲尖叫。

夜燈下，蛋白就像個初生嬰兒一樣，鑽進我的懷中，拎起我的衣服，吸吮著我的奶頭。

「我、我可是男生啊！別這樣……別這樣啊！蛋白！妳怎樣去吸我也沒奶啊……」我幾近崩潰地大叫，剛剛在夢的痛楚……原來就是妳搞出來的嗎？

蛋白沒有回應，邊安穩睡著，邊更起勁用力吸吮我的乳頭。就算我推開她，也照樣大力咬緊我的乳頭呻吟著，怎樣弄也弄不醒！

我試著無視痛楚，化痛苦為爽快然後再推開她，但，始終忍受不了蛋白大力又吸又咬我乳頭的痛楚！

漸漸地，剛剛回來的意識又痛得逐漸遠離……

好痛，也很想睡……

昨晚，我作了個怪夢，醒來時，又被蛋白咬乳頭痛得再昏到過去，就這樣，整整重複了一整個晚上。

現在蛋白總算穩定下來，沒有繼續咬我的乳頭了。

只不過我就算閉上眼，也不能去與周公的女兒約會，其一，是要防範她下一刻又張大了嘴向我奶頭噬咬，另一個原因，則是我一直反覆想著那個夢。

平常作的夢，我通常很快就會忘記了，但這個夢不同！

直到現在，夢的內容還很清晰。

我望向睡在我身旁的蛋白。

她的睡臉出奇地可愛。

她會是那個老人所說的「魔法生物」嗎？

我……要保護她嗎？

「……可惡！妳本來是怎麼樣我也沒有關係了，我只知道，面對妳這傢伙根本一點也不能鬆懈和放心。」

我戳，用手指輕輕戳著她的臉蛋，發洩一下心中的不快和不耐煩：「既然妳賴著我不走，我也沒辦法。妳原本是怎麼樣的生物、曾經背負著什麼樣的願望要變成這樣子，只好以後慢慢來調查吧！」

我再戳！大概因為讓我一戳感到不舒服，蛋白的雙眉而皺了一下，翹起的嘴巴一囁嚅：「嗚喵……」

……這傢伙明明是兔子，也會貓叫啊？再加上那睡相，可愛度以幾何級數上升呢！真讓人想再多戳幾下調戲喔。

我戳、我再戳！

「嗚、嗚喵……嗚！」大概不滿我打擾她睡覺，我的食指被蛋白狠狠咬了一下。

「嗚——啊啊啊！我錯了！對不起！」這種痛楚宛如玩老鼠夾一樣痛得我整個人彈起

來，睡意全消，感覺自己的手指痛得快要斷了。

偏偏，就是我這樣戳這兔耳妹才會醒過來……

她坐起身，擦了一下雙眼後，十分不滿地噘著嘴、望著我。

「這樣的表情，是我應該做的才對吧……」

昨晚，被妳這傢伙吸咬乳頭吸得痛不欲生，現在稍為惡作劇一下消氣，還要受妳這傢伙的氣？妳真以為我是妳媽啊！

我十分不爽地瞇起眼，用力彈著她的耳朵，「有床位不去睡偏偏要睡在我身邊，妳還真行嘛！」

至於這種絕對不可能遇見魔法生物的事……算了，我不想再去想這些現在解不開的事，我的煩惱已經夠多了。

反正，我根本沒有辦法把她丟在一旁不理會，而且這傢伙……也算是個「人」吧？所以，我會跟她戰到最後，然後，把那個老頭狠狠修理一頓。

只是……如果別人也把自己的魔法生物看得很重要，到時，我真的忍心下手嗎？

我到底該怎麼辦？

我很想把這些事都當作假的，很想當這些奇怪的事情都沒發生，只把蛋白當成自己的家人也好……但，那個夢卻如此真實！

為什麼她們要去戰鬥？那個老頭說會再來找我……是真的嗎？

這些答案，我會得到解答嗎？

「……真麻煩！現在再想根本做不了什麼，以後真的發生再說吧。」

我這樣安撫自己煩躁的心情，磨磨蹭蹭起身，鑽到洗手間梳洗。

蛋白當然也跟著我。

我把牙膏都擠到牙刷上，她則是一直呆望著牙刷。

「……這傢伙，昨晚不是沒刷牙吧？嘛——算了、算了！」

昨晚的印象，在蒙完眼後開始感到混亂，我也懶得再去較真了。

我把牙膏都擠到牙刷上，然後開始刷牙。

蛋白望了我一眼，跟著重複了一次我的動作，然後，把牙刷都放進口中——

「咳——嗚！」兔耳立即豎直，蛋白把牙刷都丟在洗手盆上，一陣猛咳。

「糟糕！沒想到她會怕這種薄荷味的牙膏！」我停下手，忙裝了杯水讓她漱口，打開昨日買的兒童用水果口味的牙膏，再為她擠上。

幸好她會懂把水都吐出來，也幸好她雖然有點抗拒，但用過之後沒什麼事了。

就這樣，好不容易刷過牙後，我呆坐在沙發上，睡意陣陣襲來。

不知是不是錯覺，我總感到昨晚被蛋白咬的右乳頭好像怪怪的，像是凝聚著某力量……是我多心了吧！

我懶洋洋地瞇著眼睛，思緒逐漸放空。

「咕嚕——」

我的衣角，被兔耳妹輕輕扯了一下。

那種肚餓的響聲，當然不是我發出的。

因為現在的我，根本被那傢伙害得沒什麼胃口。

而既然不是我，那就是蛋白。

蛋白的身子向我靠近，我第一個反應則是想起兔子的身體語言……嘛，還是快一點習慣把她當成人一般看待吧！就像世音一樣。

「肚子餓了？」我問。

她點頭回應。

「其實，妳真的懂我的意思嗎？」

只看了一晚電視，就知道我說什麼嗎？太不可思議了吧！

「肚子餓……」蛋白不甚流利地說道。

然後，她的肚子像是肯定了她的答案一樣再次響起咕嚕聲。

「那麼妳等我一下吧！」我認分地起身，想了下，抓起遙控器，「要先看電視嗎？」

她點著頭。

我打開電視後，便往身後的廚房走去。

一起住的家人都不在後，家就顯得有點大和冷清，不過自從蛋白來了之後，算好了一點。至少，我現在有了一點想待在家的理由。

先扭開瓦斯爐，我倒了些油等待它燒熱，趁機轉過頭看了下電視。

現在，大概正在播放早晨的卡通節目——丟臉騎士吧？那大大聲的「變態！」，都播了出來了喔。

這個變身語還真夠丟臉吶……不過，有些中毒過深的死小孩偏會在街上大叫「變態！」，害我覺得現在的死小孩還真夠變態的，只要是卡通裡的英雄，就會胡亂模仿一番。

所以就算被家長投訴再投訴，這節目人氣都沒有下降啊，收視率，大概比新聞報導還要高吧……都重播了好幾次了。

聽著電視節目激昂的音樂，我邊吐槽邊打好了蛋，下了鍋，才想到一個問題——

「……她會吃蛋嗎？」

我猶豫了幾秒，把平底鍋中炒至半凝固的蛋呈入盤子，接著，把麵包放進烤麵包機內，又從冰箱裡拿出火腿，切了四片後便拿去平底鍋煎。

等火腿煎好後，烤麵包機也發出叮地一聲，簡單的早餐便完成了。

我倒了兩杯牛奶，分兩次拿出客廳。

等我再次回到餐桌前，蛋白已經拿起叉子，開始大力叉著碟子上的蛋，只是動作不太流利，被叉起的炒蛋很快又掉回盤子上。

「這個……可以用叉子先切開一下啦，而且，也不用這麼大力。」我一邊解釋，一邊為她分開好雞蛋，看著她狼吞虎嚥。

「……好吃嗎？」我問道。

蛋白抓著叉子，安心地享用著，雖然沒有回答，但看到她吃著早餐，沒有露出奇怪的表情，味道應該還不差吧！

是說這傢伙，吃相真的很差！也只有昨日在世音家時才叫好一點。

「……真是個讓人操心的傢伙。」

我撇撇嘴，開始考慮在我上學及打工時該怎樣去安置她呢？

而就在我們靜靜吃著早餐的時候，門鈴響了起來。

「……妳怎麼又來了？」我拉開門，以為又是世音。

然而，門後的人卻是流馬。

他掛著明顯的黑眼圈，一臉精神萎靡地衝進來，「……冬司！蛋、蛋……」

他誇張地劃著兩手、語無倫次。

我不由皺眉，「慢點、慢點……」

好不容易等流馬喘過幾口氣，總算能完整地把話說清楚後，我的呼吸卻瞬間凝滯了——

「……你說你撿到一顆蛋？」

「對！但是那顆蛋……該怎麼說呢？俺當初把它撿起來時，那顆蛋，就像在強調著自己一樣充滿著心跳的悸動，但天下間沒有黑色加上白點的蛋吧？看上去就像壞掉一樣，但有著心跳啊！」

流馬愈說愈激動。

而我愈聽愈覺得不對勁，連忙追問：「那麼，之後怎樣了？」

「現在，蛋都變得這麼大了啊！」流馬邊說，邊用兩隻手揮了個大圓圈。

我額上的冷汗不禁流了下來……那個老頭說的戰鬥，是真的嗎？我的敵人會是流馬？我和蛋白，要跟流馬還有他的「魔法生物」戰鬥嗎？

……所謂的戰鬥，又是怎麼回事啊？

「……你幹嘛跟我說？」定了下神，我不冷不熱的說道。

「因為，你說你自己經常遇到奇怪的事啊！所以……呃，你沒有遇到這樣的事？」說沒有是假的吧？

蛋白，已經是那顆蛋生出來的奇怪生物了喔……

「……沒有。」我猶豫了一下後回答。

因為我想看一下到底會發生什麼事？

如果蛋白是兔子，那麼流馬那隻會是什麼？魔法生物，代表她們會一種或者是數種魔法嗎？都會咬乳頭嗎？

「是嗎？還以為你有遇到呢……」流馬長吐了口氣，目光一轉，指著坐在我旁邊咬火腿的蛋白，「對了，這位是誰？」

糟糕……我該怎麼說啊？

心跳漏了一拍，我在慌亂中猛地想起世音媽媽說的話。

「她是我表妹。」

「真變態啊！居然讓自己的表妹打扮成穿睡袍的蘿莉兔女郎！」流馬很不給面子地吐

槽。

放過我吧！我又不是故意這樣……我忍不住在心裡哀號。

當然，這句話我說不出口……說了的話，恐怕會牽涉到那神祕蛋的事件。

想起那個夢，我忍不住又神遊天外。

就在這時，咕嚕——

「……拜託了。」流馬雙手合十，擺了個討好的苦笑。

「好樣的！順道來吃個免費早餐喔？」我忍著笑奚落他，「你的神祕蛋藉口，還真好用吶。」

「是真的，最多俺傳個照片給你啦！影片也可以……」流馬輕笑，豎起一根手指，「外加下次的午餐，請你喝檸檬茶啦。」

「還要外加一個炒麵麵包。」我深了伸懶腰，起身往廚房走，邊拋下警告：「不要隨便跟我表妹搭訕啊！小心她會咬你。」

之後，我逕自鑽進了廚房。

「啊啊！我的手指！不要！快住手啊！」當我打好雞蛋時，便聽到流馬的慘叫聲。

……果然又玩「老鼠夾」啊？

蛋白好像比較怕陌生人，就算是世音也不例外！

只不過當時我在看到她表現出警戒時，制止了她，所以現在，她對世音都沒什麼抗拒了，昨晚，還乖乖地讓她洗澡……當然，我被抱得死緊就是了。

我乾笑了幾聲，三兩下弄好早餐放到流馬的面前。

此時，門鈴又響了。

我拋下那吃得正歡的兩人，去開了門。

這次，是世音沒錯。

「那個……蛋白呢？」她一頭鑽進了門，左顧右盼。

「她在吃早餐。」

「那個，你今日應該不會出門吧？」

「不會。我出門與蛋白有什麼關係？」

「沒什麼，我今日有事想要找蛋白……咦？流馬？為什麼你在這裡？」

「來找冬司聊心事啦。」

「是哦！那麼請你們今日就好好交往吧！冬司，蛋白我借走了囉。」

「說什麼交往？我才不是基的咧。」我沒好氣地吐槽。

世音對我輕笑一下，然後，走到剛吃完早餐的蛋白旁邊，撫摸她的頭，「要出去了囉。」

「嗚……冬司！」

世音看著抗拒的蛋白，然後，就像說祕密一般在蛋白的耳朵旁邊說話。

「唷——是高度機密的事，連手也要遮住嘴巴耶。」流馬壞壞地逗著世音。

世音不理她，自顧自地跟蛋白咬耳朵。

蛋白的兔耳連動了幾下，接著，就乖乖地跟著世音走向我的房間。

「……門口在那邊喔。」我指住門口的方向提醒。

「哎呀，總之今日我要帶蛋白出門一下啦。」世音大剌剌地揮揮手，「替她先換衣服不行嗎？」

「我不用跟上去嗎？」

「不用啦！安心把蛋白交給我吧！」

「蛋白呢？妳沒有問題吧？」蛋白給我一個點頭回應，跟著世音走進房間後，便關上了門。

我總覺得今日的蛋白的反應，比昨日豐富多了和協調了一點……這都是拜託電視所賜嗎？學習得未免太快了吧。

「那個……冬司。」流馬朝我招了招手。

「怎麼了？」

「一會要到附近閒逛一下嗎？」

「可以，不過，也要等世音和蛋白出來讓我先換件衣服。」

「是喔。謝謝款待……」

「然後，餐具給我自己洗！」我毫不客氣地指著流馬。

他一副「什麼嘛！太不講義氣！」不甘不願的表情，乖乖地端著餐盤、抓起清潔劑跟菜瓜布奮戰。

我忍不住好笑，而後又是呼吸一滯……巨蛋、另一個魔法生物、操同使……

……流馬，會是我跟蛋白的敵人嗎？

我沒有答案。

而這夜，我又作了同樣的夢。

窗外的月亮很圓，很亮，就像有幾個射燈向下射下來。

這種環境很熟悉，只是，我又為什麼站在自己家的客廳？

「嗨，我等你很久了。」我轉過頭，老人又坐在沙發上。

……夢境重複了兩次？

不對！是我又再夢見老頭……難道他真的是個魔法使嗎？連人類的夢境也能隨意進入嗎？

不過這樣也好！

這樣，反而實現了我朝思暮想，每一刻都想見他的衝動。

「哎呀——也許我下次再拜訪時，先改變一下外形比較好呢！沒想到，你是這麼基的哦，反而是女人的話，應該不太會有危險吧。」

他真的好像知道我在想什麼一般自說自話，回答著我心中的想法。不過，我是不是基並不重要，我想見的人是他，看到他，我藏在心中的暴力蠢蠢欲動。

「很可怕呢！別以為我不知道你在想什麼喔。不過比起昨晚，你應該更冷靜一點吧？」老頭慢條斯理地哼笑。

「比起我冷靜，我還想知道為什麼對著一個幾乎傷害不到你的人，也要跑得這麼快！」我不動聲色地試探：「你說過，這裡根本不是現實空間吧？」

「你以為只有你一個撿到蛋嗎？」

撿到蛋……流馬……這兩件事聯想在一起，流馬……是敵人嗎？

「那麼，你知道怎樣去戰鬥嗎？」老者一臉狡獪地看著我。

……我都幾乎沒有想過這個問題。

「看你這個樣子不知道吧？連戰鬥也不會，就跑到我面前嚷著要揍我？」

「用拳頭的話，我是會的喔。」我說完立即握緊拳頭，向老頭奔去。

但在接近沙發之前，我被某種力量限制住，動彈不得。

「你有殺我的權利，也有揍我的權利，但是你要記住——」老者目光一閃，「現在還不是時候。」

壓制在我身上的力量消失了，我因為突然失去支撐跌倒在地上。

「進入每個「操同使」的夢中，教導戰鬥的方法，只是一個環節。」老人伸手扶起了我，「我這次來只是想和平談談。」

「操同使？」真是個遜到爆的名字。

「全名就是操縱同步使，根本就一點也不遜。」老者強調：「操縱，意思指向她們下達指令去戰鬥，當然，不只要下達命令，一起戰鬥也很重要。」

「那麼，同步呢？」就算名字很遜，我也沒辦法理會太多。反正目的只有一個。

「你有被她咬乳頭對吧？」

「嗯。超痛的。」他說完之後，我就覺得右乳頭有點痛。

「你先揭起你的上衣看看。」

「真夠像個變態。」

「我才不會對你有性趣咧！你以為我像你嗎？我只會對熟女有興趣啊。」老者哼笑。

「那就慘了啊……真希望操同使中不要有個女性哩。」我嘲諷地說完後，揭起了自己的上衣。

昨日的齒痕變成了一個符咒形狀，而且，以我的乳頭開始向外伸展著。

「這、這是什麼？」

「這就是『同步』。透過魔法生物注入的魔力，然後雙方就會共享到魔力。每隻魔法生物都會有著一至兩種魔法能力，而操同使會因應自己的心境，另外發展一種魔法。」

「那，蛋白會什麼魔法？」

「這個應該是你自己去發現吧。」

「就算要我使用魔法，那魔力到底從何而來？」我繼續追問。

「我剛剛有說共享魔力對吧？」

「也就是說我每使用一次魔法，就會在蛋白那裡消耗了囉？」

「一般來說會是這樣沒錯，不過記住她們的魔力不是無限喔。雖然不會鬧出生命危險，但過度使用，可會以睡覺或是昏迷的形式去回復魔力。」

「什麼叫一般來說啊！」我咬著牙，努力克制想揍人的衝動。

「不知道呢……」

「那麼，我又該怎樣知道自己的魔法？什麼也不知道就要去戰鬥？有點責任說下去好嗎？」

「……你會使用什麼，我真的不知道，就算我現在知道你在想什麼，那只是表面性而已。我再重複一次，操同使會因應自己的心境另外發展自己的一種魔法。」

「自己的心境？」

「沒錯，她會使用什麼，我已經早就埋入她的記憶之中。如果你是她的主人，你應該要好好發現才對。最後，操同使要使用魔法，就要先接收到魔法生物的魔力，活性化你的符文才能使用，簡單來說就來對你施法啦！施法之後就會出現一個夢境內容，而那個內容就是你的心境。」

還真夠詳細。詳細到我不懂。

「當你的符文被活性化，你會使用什麼我也會即時知道得一清二楚。」

「但你說魔法生物之間不是要互相廝殺嗎？為什麼連操同使都要打的樣子。」

氣氛總覺得變得詭異起來，原因是那個老頭突然變得很沉默。

「我應該說過，讓我見識一下你們的慾望沒錯吧。」

「嗯。」

「遊戲的勝出者，我會實現他任何一個願望。」
老者緩緩說道：「任何操同使，也擁有殺掉她們的權利，如果不能下手，那麼，你會為了實現自己的慾望把她們殺掉？或是會保護對方的魔法生物，然後一起過著終有一日會解決一切事情，但又可能下不了手的混沌日子？
抑或是……她會被其他人殺掉或是其他因素而死去？」
「其實根本這場戰爭，都是你造出來的鬧劇吧……」面對這視生命為無物的老頭，我打從心底憤怒起來，但是為了知道更多事而拚命忍著不要表現出來。
「鬧劇？別說笑了。」他突然目露凶光，好像下一秒就想把我殺掉的樣子。
我全身在顫抖著，恐懼的心理以及他身上所散發出的氣息，湧進全身上下每一個角落。
他用手托起我的下巴，「我並不是把生命都視為無物的冷血傢伙，只是你根本就不知道，慾望會令人失去什麼。」
「那我就証明給你看。我不會殺掉她們。」
「那我拭目以待了。儘管証明給我看吧。」老人甩開了手，轉身往玄關走去。
一切再次化成粒子，空間再次正在消失……
「呃！」
砰然巨響把我從迷淵中拖出！
我定神一看，蛋白又從床上掉了下來。

近。

距離過近，連她的氣息和心跳聲我都能夠清楚感受到，這還是我第一次和女生靠這麼近。

雖然這傢伙的吃相很差，但睡相卻出奇地可愛。

我們之間被迫同居生活的日子，甚至可能直至永遠，就算先前我再不想照顧她，現在因為夏洛克那老頭，我也想守護她。

「今天妳和世音到底去了那裡？」看著她安穩的睡臉，我真的想好好去保護，「世音不肯跟我說，妳又不會說話應該也無法跟我講……」

不過大概很快，我會知道答案了吧……

ch2 不靠譜轉學生

「快給我到學校去，現在！」

「……欸？現在？」

「對！」

「為什麼？」

「誰要告訴你。校服和早餐都準備了囉，在客廳。」

星期一，我一大早就被趕出了房間，毫無頭緒地看著餐桌和掛在椅子上的校服，世音，到底是吃錯了什麼藥啊？

我真的是丈二金剛摸不著頭腦，莫名其妙地被世音從家裡趕了出去，匆匆去學校報到。

至於蛋白，大概這一整天都被留在家吧……

我對著窗外的風景長嘆了一口氣，她都沒什麼問題吧？

我總覺得有點擔心，很想回家照顧她直到她能夠真正獨立。

「……早安。」聽到熟悉的聲音，我轉過頭。

從門口進來的是流馬。

不過為什麼他會按著右乳頭，一臉痛苦的樣子……咦，乳頭？該不會吧……

我想起了他幾天前說過的話，之後，我等了一整夜都沒有相片傳來，該不會，那顆蛋已經孵化，進入下一個階段了……

「啊，流馬，早啊。你沒事吧？」我說，帶點探究的意思。

「什麼有沒有事的？」

「我看你一直按著胸部耶。」

「嗯，發生了很多事……不過，不適合在這裡說。」

「會很嚴重的嗎？」我用擔心的語氣說道。

看來，他大概被那隻「魔法生物」咬了乳頭。

「算是吧……不過，冬司。俺有一件事情要問你。」他的表情突然變得很認真，到底發生什麼事呢

「你沒騙俺吧？」

我睜大了雙眼，沒想到這麼快就被他懷疑了。看來，他應該跟那個老頭會面了沒錯吧？

就在氣氛僵持的狀態，世音便介入了我們之間的對話——

「喔、喔——早安！有發生什麼事嗎？好像很凝重耶。」世音看上去好像很高興，臉上笑開了朵花。

「……我才想問妳有沒有發生什麼事啊？一大早就把我趕回來。」我說。

「一會你就知道了喔。」她向我眨了眨眼，跑回自己的座位中。

我還想說些什麼，卻聽見鐘聲響起，隨後，班主任也走進課室。

也即是說，班務及點名要開始了。

流馬乾笑了兩聲，也走回自己的座位上。

我會成為流馬的敵人嗎？他因為這樣才變得認真跟我說話嗎？總覺得很心寒。

「各位同學，今日有個好消息呢。我們有一個新的插班生喔！」班主任在講台上樂呵呵地宣告著。

一下子，全班就開始議論紛紛，這情景，還真像青春校園喜劇的老梗劇情啊……主角和插班生之間彷彿注定似的，永遠就是會擦出點火花或是什麼之類的。

我呆望窗外的浮雲，心想。

「……白，請多指教。」

啊咧？白？什麼白？

我用手托著頭，興趣缺缺地望向黑板的位置，赫然發現，穿上水手服的蛋白正站在黑板前。

「……為什麼她會在這裡啊？啊、啊、啊！」我驚訝得一鬆手，一下子把頭都撞到桌面上。

「媽媽！」她一下子發現了我，蹦蹦跳跳地跑過來我身邊，使勁地抱著我。

順帶一提，我坐的是近窗邊的位置，旁邊是沒人的。

「欸？」全班嘩然了一聲，視線先是射向我，然後就是世音。

因為全班都知道，我跟世音的交情是最深，在這種情況之下，大概就會有這種誤會，

只不過用點腦想也知道，就算發生過某件事好了，計一計歲數，也沒有可能她會完好地站

在這裡吧？能否來到這個世界還是個很大的問題啊！

為什麼他們仍然這樣想？

不對！這個時候我應該考慮的是怎樣脫困才對？

這下子糟了……沒想到蛋白在這個時候居然還叫我媽媽，我是要怎樣解釋啊！

砰——

我正想站起來向全班解釋，大力拍桌的聲音從世音的方向傳來。

雖然沒有說話，但從世音身上散發出來的氣息，已經足以令人感覺到「這跟我沒有關係」的宣言。

換過來想，就算說出自己與我和蛋白之間沒有任何關係，之後這個大反應，可能會惹來更多不必要的誤會。因為就算想否定關係，事實上從星期六開始，世音不知不覺也當上了「義務照顧」蛋白的監護人了。

有句話說講多錯多，有時候，適當的沉默的確是最好回應方法。

「不要亂說話，拜託！」我按著蛋白的肩膀，用食指壓著她的嘴唇小聲說道，打從心底希望她會懂我說什麼……

她點了頭一下，然後，就安靜地坐在我旁邊的空位上。

我總算放心了一點。

「咦？原來插班生和冬司同學是認識的哦？」女班主任推了下眼鏡，傻眼地說。

「嗯。只是遠房親戚而已。」我淡淡解釋。

果然，這個說法很有用，全班的視線一下子挪開，然後，帶點凝重的沉默氣氛也回復了正常。

課室內恢復了嘈雜。

之後的課，蛋白都很認真地在聽。

不過她真的會聽得懂上課的內容嗎？

我望向坐在我旁邊的蛋白，忍不住猜想，更奇怪的是，為什麼她可以用一日時間就可以考進這所學校？

好奇心驅使之下，我因為想著她能夠考進這所學校的原因而想得頭都昏，完全沒有把課都聽進去。

就這樣，很辛苦撐到午休時間。

雖然，我感到同學們都向我們投射奇怪或是好奇的視線，但我就決定不理會，先帶蛋白上天台去。

打開了天台門，初夏的微風吹了過來。

蛋白像是很享受這種感覺般閉著雙眼，淡粉紅色的髮絲被微風輕輕吹拂著，搭配上藍色有點雲的天空，這真是一幅會令人舒服的圖畫呢！

這令我的對她保護欲也更大了。

不過，我拉她上來不是為了欣賞這樣的畫面，而是問她事情的。

「妳為什麼會在這裡？」我劈頭便問。

蛋白沒有立即給我回應，只是一直在望著我，她是在思考我的話嗎？我都忘了，她只會點頭回應呢。

「就當我沒有問吧……」我不由嘆了口氣。

「因、因為……」蛋白的嘴唇微微開啟，結巴地開口。

剛才撇開視線的我，立即望向她。

……她終於會說話了嗎？是這樣吧，過了半日，她或多或少也學懂了一些事吧。

「我、我想一直待媽媽的身邊……」蛋白愈說愈低頭，臉都好像通紅了

原來是這樣嗎？真是的。

「蛋白。」

她就像受驚了一樣，僵直了一下，仰起來看著我。

「叫我冬司就好。」我走到她的身邊，摸摸她的頭，「叫我媽媽，會對其他人造成很大誤會的。」

「嗯……」

「不過，妳是怎樣進入這學校的？」

「……咦？」不知為何她好像驚慌起來，點頭後又猛搖著頭，是不知道怎樣回應我嗎？

「那個是我做的事。」

世音打開天台的門，走了過來。

「……為什麼妳會知道我們在這裡？」

「跟著你們就來到這裡了，一會兒，流馬也會來。」

「流馬……」我想起流馬今早的異樣，就覺得十分彆扭。

沉默了片刻，又想起之前的問題：「為什麼蛋白會在這裡？」

「老是把蛋白都留在家裡都不太好了吧？明明都有跟我們差不多年紀的外表，但整天留在家也太奇怪了。所以，我想讓她上學。」

「不，我想知道的是為什麼只不過一日時間，就可以考進學校？」

「因為我爸爸是家長會的主席，你沒可能不知道吧？而且跟校長頗熟稔，我昨日，就是帶了蛋白去見一見校長。」

「那之後呢？」

「校長看了蛋白一眼，就同意她入學了。」

「啥？」

「之後，還安排她修讀文科相關的課程。」

「啥？」因為世音的說話，我的腦袋打結了一下子。

「你啥什麼！先把話聽完啦……」

「呃，什麼？」

「暑假前的期中考，蛋白至少要有三科合格，不然在補考及格之前，她都不能放暑假。」

「啥！」我不禁又叫了起來。如果蛋白因為補考而不能放暑假的話，那真正的責任，應該會是由我背上的吧……

「為什麼會這樣？」我用手按著額頭，苦惱地轉過身。

「又不是只有你，連我也是，因為是我推薦蛋白入學的……」世音說完，拍了我的背幾下，向我微笑。

總覺得，這種微笑很恐怖的樣子……

我悄悄退開了幾步，「總、總之，多謝妳的好意，我會和蛋白加油的……」

不過說是這樣說，到底要怎樣和蛋白努力，我一點頭緒沒有啊……而且，為什麼那個校長，會那麼隨便就讓蛋白進來了呢？

我整理了一下世音說的話，只得到「到底校長在搞什麼」這個不能解開的結論，嘛……算了！事情都到了這個地步，就只好接受校長的「好意」吧！

我反手拍了拍蹭在我身旁的蛋白，一偏頭，正好見流馬從天台門前走了過來。

「冬司，這是昨日早餐的回禮。蛋白也有份哦！」流馬舉高手，晃了晃提著的三人份午餐。

「謝謝。」接過拋來的炒麵麵包，我看了下世音空空的雙手，「對了，世音妳的便當呢？不一起吃嗎？」

「咦？我現在回課室拿上來，你們先吃吧。」

世音說完，便往天台的門跑去

我目送著她的身影，然後拆開炒麵麵包的包裝。

「我開動了。」我說。

「我開動了。」蛋白也跟著說道，拆開包裝開始吃自己那份午餐。

「對了，冬司……有件事你應該不用瞞俺吧？」

「什麼事？」

「蛋白，是由蛋生出來的生物吧？」

「咳、咳！」我被他突如其來的發言嚇到，冷不防讓嘴裡的炒麵麵包噎了一下，連忙插入吸管，猛喝了口檸檬茶。

「之前，俺也撿到顆蛋，在蛋孵化時，俺想起你和蛋白。」

「那是怎麼樣的生物？會令你想起我們……」我問，心中莫名的擔憂不停增大，難道……我的敵人真的會是流馬嗎？

「利莉。」他笑著說道，

「……不是吧？為什麼會是利莉？」

利莉，流馬以前的愛貓。

自從牠失蹤之後，流馬整整跟我訴苦了一個星期……但，為什麼會是利莉？

「因為，她自稱自己是利莉啊！而且，準確地說出俺跟她以前的回憶呢！」流馬臉上帶著少見的笑容，而且我看得出是無比幸福，「還以為那對耳朵是假的，誰知原來是真的啊……不過，她昨晚就一直猛咬俺的乳頭就是了，之前，都不會這樣做的說。」

「……你是說，她會說話？」

「嗯！而且說得很流利。」

……為什麼蛋白就不會說話啊？

「雖然，俺也有把她跟蛋白拿來比較，不過這都不重要，只要跟利莉重聚，一切就變得沒所謂了。」流馬有些不好意思地揉了揉鼻子，認真地說道：「就算她變了人型跑回來找俺，也好。」

「是喔……那你今早為什麼對我這麼兇？」

「沒有啊……俺看起來很兇嗎？俺的乳頭還很痛就是了。哈，不過怎樣，也痛不過被這個蛋白咬手指啊！」

他對蛋白笑著說：「看到蛋白這樣子，俺也有想把利莉帶回學校的念頭了，俺真想認識一個像世音的人，幫忙看管她啊……」

像是十分艷羨的用手肘撞了撞我的肩膀，流馬又道：「而且，那些蛋殼碎片很難清掃啊……有人幫忙就好了。」

……看來，今晚也要再進行打掃了。

我盤算著，忍不住又看了看一臉開心的流馬，看樣子他沒有見那個老頭，既然如此，就希望他們都不要見面吧！

我不想把流馬當成敵人，也不想雙方變成敵人……只是這樣子而已。

不過，他知道事實之後會把我當成敵人嗎？

那時，我真的要痛下殺手「殺掉」利莉嗎，又或者，蛋白會被他們「殺掉」……為什麼……那個老頭要創造這種殘酷的遊戲？

為什麼，會有這種荒唐的事發生？

有時，就像流馬一樣什麼也不知道，其實滿幸福的啊……

看著滿足吃著炒麵麵包的蛋白，我不禁心痛了起來，不管怎樣，既然到了這裡，我只有更盡心的保護她了。

好不容易，頭一天的校園生活平靜地過去了。

下課後，我照例收拾好自己的東西，準備找流馬一起去打工，但準備好了之後，他又沒有了人影。

「切──愛貓心切也要有個限度啊，現在那個人型利莉又不是不能照顧自己，至少，會說出共同生活的回憶啊……」我心裡如此嘆息著，望向蛋白。

她正用著專注的眼神盯著黑板上的數學算式。

我留意到班上每個人都很想過來跟蛋白搭話，但看了蛋白一眼後，卻都沒有走過來……會是因為我的原故嗎？

這樣一想，我真覺得有點對不起她呢！

其實，蛋白應該可以體驗一般的學校生活的啊……

說起來，撿到蛋白的蛋都有一星期了，聽流馬說，他撿到蛋也是在一星期之前、跟我一樣的時間……如果拾到蛋白的不是我的話，她現在會怎麼樣？

「冬司，你不走嗎？你應該要打工吧？」準備離開的世音催促我。

「對，所以蛋白可以拜託妳一下嗎？我這星期都不太閒……」我向世音合手低頭，拿出百分之百的誠意，然後，稍為把視線向上望著她。

她害臊地把視線給移開，「我又沒說不可以……」

「謝謝！」我鬆了口氣，轉身拍了拍蛋白，「那麼，蛋白妳可要聽話，不要給世音添麻煩哦！」

蛋白點頭回應。

「好孩子。」我摸了她的頭，然後撒開腿先向兔屋跑去。

「晚飯我跟平常一樣給你留啊！」世音追著我的背影喊。

「ＯＫ，知道了。」

順帶一提，我是「回家社」，沒有參加校內任何社團。而且自從打工之後，我會把工資的一部分拿來當作家用。

畢竟，每晚大剌剌地坐在世音家吃飯，我總會過意不去的。

就這樣，把蛋白託給世音後，接下來我忙著打工。

一連三天，除了白天在學校、晚上匆匆道過晚安之外，我跟蛋白沒有多餘的交流。算是飼主失格啦……

這天還是一樣，我在便利店打工下班後已經是晚上十點半。在休息室脫掉工作用的圍裙後，我走出門外離開了我工作的便利店，居然看到了蛋白和世音。

「冬司！」隔著對面馬路，蛋白已經邊揮手邊大叫著我的名字。

……是因為最近的我都有點冷落了她嗎？看來，這點我都要好好注意一下呢！

我不是很認真反省，有些輕鬆又有些開心地等著指示燈都變成綠燈，等著蛋白衝過來。

本來，她應是會安全到達我身邊才對，但，明亮的車燈卻突然照耀著她！明明對向是紅燈，那輛小型貨櫃車卻沒有停下來的意思——

「蛋白！」我大叫！

她茫然地停了下來。

「……可惡！」

我用盡全力跑向蛋白的身旁，伸出手用力推開她！

但是，太遲了……當我感到蛋白身體觸感的一瞬間，一股巨大的痛楚同時向我的身體側面襲來，然後，我好像飛起來了。

我都好像聽到身體內傳出清脆的聲響，之後，我感到好像被人按著胸口的感覺，但是卻沒有痛楚。

溫暖的水滴打到我的臉上，那會是誰？蛋白嗎？

我還真失敗哩……不止保護不了蛋白還惹她哭了。

十年前，老爸為了保護我，把我整個人推開，現在輪到我救了蛋白，卻救不了自己，我……我沒能保護好蛋白之前就要先走一步了嗎？

我不要……我不要就這樣完結！

我拚命掙扎，明明很想挽留著那一點的意識，但意識卻不回應我漸漸遠去。

但不知為何，我卻感受到前所未有的衝擊直擊我的全身……很痛苦，但也感到很溫柔，這到底是什麼？

「不可能！不可能的……」

「我、我不是故意的啊……」

「……什麼叫不是故意的？什麼叫不是有心啊！把冬司還給我啊！殺人兇手！」

「還、還是先報警吧……」

「冬司……媽……不要……」

「蛋白……」

「冬司──」

啪擦、啪擦──有如火花在空氣中摩擦的聲響在蛋白的身邊回響著，然後，兔耳少女的吶喊聲，連同電流聲一起回響著大廈間，強烈的白光甚至亮得好比白天。

剎那間就像有生命一般，地上的血液自發地流回少年體內！

就算隔著一件衣服，少年胸口右乳頭和心臟位置也發著強烈的橙紅光，那兩個一大一小的符文形狀，散發著強烈的橙紅光芒。

這是個虛幻的景象沒錯。

背景是現實中最常見的夏之空，但視線即使望到最遠也沒有一物。

我望向地上，地上宛如清澈和平靜的海水一樣，清晰地反射天空的景色。而我一直在這水面上漫步著，每踏過一步，水面都沒有因為我的腳步而造成的波紋。

這世界很寧靜，沒有風聲也沒有水聲，有的只是海水、雲和藍天。

這裡，會是天堂嗎？

「明明我經常說著要保護好蛋白，但卻比她先走一步……我真的很弱呢！」我乾笑望著天空，心中滿是愧疚感和寂寞，雙眼不禁濕了起來。

「果然，弱者就真的只會用哭去逃避……」我擦了一下雙眼，當手臂離開了自己的時候，眼前的景象已變得比剛才不同。

剛剛還是藍色的天空都變成紅霞，平靜的水面上，多了一層及腰的薄薄的紅焰。

原來，天堂也要用業火去洗淨污穢的靈魂嗎？

我向前伸出手，盼望火焰能夠燃燒自己的靈魂，燒成灰燼、永不超生，消去自己的愧疚和罪惡感。

但，卻沒有被燃燒的刺痛感從手中感覺到。

沒有感覺的被燃燒，這算是一種折磨嗎？

如果我身處在地獄，被那些名為「地獄之炎」的火燒灼著靈魂，但沒有任何感覺，這算是什麼樣的折磨？

或者，希望下一秒業火能夠把自己消滅但又不能如願以償，一直在沒有感覺的業火之中存活下來，直到永遠，這是比死更難受的折磨？

「即使在死後的世界，這種玩笑也未免開得太大了吧……」我思緒混亂，無目的地在業火中前行，直至一個裝著火焰的透明球體在我面前出現。

……這是什麼，連上天也要在我死後都開一下玩笑嗎？

「嗄！呀呀呀呀——」我不服氣地向那球體揮出不滿的一拳！

頃刻間，薄薄的玻璃面被我打碎！

下一秒，球體內的火焰不停噴出，我被球體內的火焰包圍！

「可、可惡，這是什麼鬼玩笑啊！啊啊啊啊——」

火焰包圍著我的身體，但卻沒有被燃燒的刺痛感，而是一股澎湃的力量，在我的右乳頭和心臟中不停傾注，我甚至看到那些火焰注入到我的胸前符文，以及心臟位置上的疤痕！

霎時，這股澎湃力量造成的鬱悶感，令我眼前再次一黑……

ch3 貓與兔

現在這裡已經是天堂了嗎？

為什麼到達天堂之前，我的右手會感到某種重壓？

感覺自己躺在一個很柔軟的地方，而且右手好像被某種很重的東西壓著，我整個人僵直了一下。

我嘗試睜開沉重的雙眼，映入眼底的，是陌生的天花板和類似儀器發出的聲音，以及，睡在我旁邊的蛋白。

是我已經化為靈魂，得到七日時限去看見想見的人嗎？

我摸著蛋白的睡臉。

真真正正能夠摸到輪廓的實感，加上她因為被摸而顫動了一下的反應，我不由愣了一下，難……難道我真的還活著嗎？我真的沒有死嗎？

難以抑制的，我用力抱住蛋白。

「嗚……嗚喵！」蛋白小小聲的嗚咽著。

我想起當初救回她的情景，立即鬆開了她，看到她沒有受傷真的太好了……能夠真正聽到她的聲音真實地傳入我的耳朵，太好了！

無預警的，病房的門被打開。

我稍微探起身，就看到世音一直望著這裡。

「你……你一醒來就、就對蛋白出手啊？你、你這個的大變態！」她結結巴巴地嚷著，愈說愈大聲。

「不！這是誤會！這是誤會！」

眼看她準備向我襲過來的態勢，我深知不妙，反射性地閉上雙眼，雙手架在頭面前防禦。

「世、世音？」雙手緊緊被束縛著，上半身也動彈不得的感覺，讓我再次睜眼睛，看到的是世音的側臉。

「不、不過你沒、沒事便好……」她緊緊抱著我，沒有剛才的結巴，聲音嗚咽。

「我想問一下……」我說。

「什麼？」

「我真的還活著嗎？」

「嗯！」

「不是作夢嗎？」

「不是。」世音鬆開了我，縮到遠處，「對不起！突然就抱著你……你不痛嗎？」

「痛？那裡痛……」我不解地反問，突然想起那個透明球體對我造成的鬱悶感，立即掀起了上衣。

我看到的，只有右乳頭突然出現向外延展的黑色符文。心臟位置的小疤痕還在，而且也變成了黑色……

「這……這是什麼？」世音說著，摸了摸我的符文，蛋白也是。

「不要隨便對我亂摸啦……」我不禁縮起身子，連忙把掀起的睡衣放下來。

我自己再摸摸那個位置，傳來的感覺是淺淺的齒痕深度，然後，我想起剛剛的夢和蛋白咬我乳頭時的事，以及那老頭說過的話——

……你會使用什麼魔法，我真的不知道！我再重複一次，「操同使」會因應自己的心境另外發展一種魔法，只有一種喔。

到底那個被隔離著的火焰，跟我有什麼關係？

「……司？」

「咦？妳在叫我嗎？」我望向世音。

「對啊，你在想什麼！你在想我們會對你亂來嗎？想不到你現在會這麼變態……」

「才沒有這回事咧！我只是在想我到底發生了什麼事而已……」

「這些符文？的確很奇怪。」世音用手指戳了我的胸口，又道：「而且，還有更奇怪的事，車禍之後，你身上居然沒有任何傷口耶……」

「啥？」

在我的追問下，世音詳細說了我昏迷之後的事。

可我聽完之後整個頭都發脹，完全搞不懂她的說的話……

總之，我不但大難不死而且可以稱得上是醫學上的奇蹟。

接下來，在醫生的堅持下，我乖乖在醫院躺了三天，在星期一的晚上終於出院，回到家中。

這一刻，我也餓極了。

我當然在醒來後不久也吃過一點東西，不過醫院內的食物都很難吃，都沒什麼味道的，害我的食慾大減。

順帶一提，醫生看到我的符文後都擺出一副頭痛的樣子，只是說了一句「沒想到現在的小孩，年紀小小都跑去紋身了啊」。

「我說啊……這不是紋身好嗎？」

醫生聽了我的辯解之後，只是拍拍我的肩膀，深深又嘆了口氣。

「……你好歹也相信一下病人嘛！」我強烈地抗議。

可惜，對我是被車撞的這件事，醫生也不太相信，聽到那司機和世音的口供，還露出了十分驚訝的神色。

當然，這件事是在我醒過來之後世音向我提起的。

我被車撞過，我當然知道。

至於為什麼沒有受傷，世音只向我交代說蛋白那時發出強烈的光芒，然後，本來還躺在血泊中的我，全身傷勢都復原了。

我得不到有用的線索，那個神祕的火球夢境有著什麼意思？我的心境為什麼會是這樣？原本無色的符文為什麼變成黑色？我真的不知道。

不過，從我出院之後，蛋白變得很嗜睡。

聽世音說，她在我昏迷期間都不肯上學，一直黏在我身邊不願離開，可是長時間都在我身邊睡覺。

「……是一直照顧我而很累嗎？謝謝妳呢！蛋白。」我望著睡在沙發上的兔耳少女，坐到餐桌旁，打開世音給我的便當盒。

「看見冬司你沒事，真的太好了……」世音托著下巴，就一直望著我。

「我也不想太早離開塵世啊……」我由衷說道，喜孜孜地吃著便當裡的炸蝦，是剛炸出來的嗎？還很熱和鬆脆呢！真好吃。

「不過，就算冬司你沒事，我也不會原諒那個司機的。」

我沉默了一下子，連握筷子的動作也跟著停了下來。

以後應該會有再遇到那個司機的吧……不過，我該用怎麼樣的反應面對他，我真的不太知道。

那晚的事件只是意外沒錯……

我沒事，雖然為了救蛋白而死了一次，但如果我真的死去，會有怎麼樣的事情發生？只想到這裡，我就真的不知道該如何面對這種事。

「……是這樣嗎？」我帶著無奈的語氣說道。

「你這是什麼反應喔？他可是差點就殺了你的人啊！」

「是這樣說沒錯啦……不過，那只是意外吧。我根本沒打算追究下去，我覺得我現在沒事，已經是一件很好的事了。」我低頭，繼續專心吃便當。

世音大概反駁不了我的說話，所以，一直怒視著我。

她這個反應是對的。

但對我這個本應已經死掉的人來說，只能用著「混亂」來看待這件事。

而所謂的混亂，只是我覺得不太懂應該用什麼角度去思考，去面對，唯一可以肯定的只有一點，這件事，令我更加想要保護好蛋白、世音。

此外，我更不想也不希望流馬會知道那個老頭的目的，而我們雙方真的要開打，我由衷盼望有種更和平的方法能解決問題……

在世音的強力監督下，我順利復課已經是星期三的事了。

大概是昏迷久了的關係，我整個人都老是很想睡，所以比較晚踏進教室。

一打開教室的門，一堆奇妙的視線都集中在我的身上，只不過又很快地移開。

我不以為意，逕自回到自己的座位、放好書包。

「……嗚哇！」突然感到有人在我背後環抱住我，我忍不住驚叫。

「喔啊！這不就是俺的冬司嗎？你沒事真的太好了啊！俺還以為要在你的桌上，擺上一朵白花啊！」帶點玩笑的誇張語調，抱我的人正是流馬。

「不要這樣啦！快放開我！」我邊推著他的頭，邊拍打他的背說道。

「真冷淡耶！冬司。」一輪拍打後，他喊著痛離開了我。

「是哦，真要比冷淡的話，我還以為你這個好友會來探望我的說，結果到出院，連影都看不見。」

「我去的時候你還在昏迷中呀！不相信的話，你可以問一下蛋白。」流馬辯解。

我望向身邊的蛋白。

她除了點頭回應我外，還低聲說了一個名字：「……利莉。」

「……利……莉？」雙眼瞠大，我不禁低喃著這個名字。

「冬司？你沒事吧？臉色不太好耶？還是因為出院後休養不足啊？」

流馬的聲音在我耳邊拂過，但說了什麼我卻聽不清楚，我只是一直想著，就算兩隻魔法生物看到對方，也沒有什麼敵意和要跟對方戰鬥的意識嗎？

「早安，喵，冬司！」

冷不防，從未聽過的聲線傳入我的耳朵之中。

我回過神來，往說話的人看過去，那是個我從來都沒見過的女生，一個頭髮都向後束成一個大髮髻，咖啡色的頭髮上，長著一對明顯的咖啡色貓耳。

她站在蛋白的背後，不知道是不是因為水手服的尺寸太小，還是那個貓耳少女的胸部比較豐滿的關係，雪白的腹部和肚臍都露了出來，就連裙子都被改得很短，比裙子還要深色的安全緊身褲，露出了少許。

……為什麼學校會容許校服都改成這個樣子？

這是我第一眼看到這女生時的想法。

不過既然學校不管，我也不再去想吧……而且，有件事比校服還要更奇怪——

「妳為什麼會知道我的名字？」我戒慎地望著貓耳少女。

「嗚喵……就這樣忘記我，我可會很傷心哦。」貓耳少女說完，便伸出自己的尾巴，不過是用手拿著，大概是偽裝這是裝飾品吧？

我心想，但下一秒再看到那個尾巴上的鈴鐺後，剛剛的想法就被推翻了。

「看冬司這樣子，應該記得的喵。嗚哇！這不是小蛋白嗎，依然是可愛十足喔！」貓耳少女說完後，便抱著蛋白，整張臉都貼到她的臉上磨蹭。

蛋白好像非常抗拒似地把她推開，但可能利莉的力度太大的關係沒錯吧，所以，怎樣推都沒有推開……不過，她們之間到現在沒有敵對意識太好了。

「……根本不可能一見面就沒理由的開打吧！是我想太多了。」我不由深深鬆了一口氣。

這時早自習的鈴聲結束。

第一堂家政課開始了。

本來這堂課有世音在，基本上弄出來的東西都不至於太糟。

順帶一提，世音的家事做得還不錯，昨晚的炸蝦便當，就是她弄得沒錯。

作為一個剛剛出院的人，我說想要吃這個時，世音也鬧了一陣子脾氣，不過，我知道她是出於擔心我才這樣，所以之後都感到有點罪惡感。

我應該要聽世音的話，乖乖當一個剛出院的病人才對。

啪！響亮的拍手聲從我的身後響起。我望向後方。

「還真敢發呆啊。被老師看到，不怕被罵嗎？快穿上圍裙吧！」流馬站在我身後，已經穿好圍裙和廚師帽。

「弄什麼？」我問。

「東坡肉……你該不會連上課內容也沒聽吧？不過除了世音，這裡料理第二強的應該是你吧？食譜，給！」

「對了，為什麼連利莉都輕易考上這所學校？都不用考入學試嗎？」

「……老實說，俺看到幾乎什麼也不會的蛋白也能考進來，再加上，利莉又嚷著要跟俺來學校，為了要讓她安靜下來，便嘗試先教她一般的課程，結果，她很快就學會了。」

流馬笑了笑，話裡聽得出有幾分得意，「起初俺感到很驚訝，不過看到她只用了短短三日，都跟上了學校進度，就試試讓她申請入學，但是……」

「但是什麼，不要停下來好嗎？」我連忙催促。

「進入校務處之前，我剛巧遇到校長，他留下了一句話——」

「什麼？」

「利莉可以成為本校學生，不過最低要求，是在暑假之前的期中考要有三科合格。」

流馬撓了撓鼻心，苦笑。

「就這樣了嗎？」我忍不住皺眉，「連入學考試都沒有考嗎？」

流馬點點頭，又解釋：「但是不及格的話，直到補考及格之前，暑假都要好好回來補課。」

……這不是跟蛋白一樣嗎？

「那，她是文科還是理科還是商科？」

「文科。」流馬壓了壓帽沿，道：「反正，暑假什麼的都沒關係吧！反正都很閒。」

「又是文科喔……」我用手按著頭，忍不住嘆氣，真不懂校長在想什麼……

「那個……冬司，你過來一下。」世音湊過來，拉我到瓦斯爐那邊。

「點不著火……」蛋白用著耳語般的聲線說著。

「就算找我，我也不知道怎麼解決啊……」我無力的看了半天，試著再次扭了開關。

火仍然沒有點出來，不過莫名間一個畫面閃過腦海，剛剛完全沒有反應的瓦斯爐，瞬間點燃了火焰。

「嗯、嗯，只要冬司要做的就一定會做到嘛。」世音大剌剌的拍著我。

「咦？」我嘗試關掉瓦斯再重新點火，當然，火沒有出現。

「剛剛不是就有火嗎喵？」利莉眨巴著大眼。

「我明明也看到啊……」世音一臉困惑。

「是妳們看錯了吧……」我打著哈哈。

這時，其他組別都說點不著火，而老師確認了下，就說剛剛沒有開瓦斯總開關……

「……到底這是怎麼回事？」

剛才那一瞬間的意外，讓我整個人心不在焉。

所幸，世音接手了全部的料理工作。

她在這方面向來有天賦，每次家政課我和流馬都樂得輕鬆。

雖然自從蛋白來了之後，便開始有點連世音也覺得混亂的情況出現，不過幸好，蛋白學習、吸收事物的反應比較快，現在幾乎都可以適應了。

所以，最大的問題莫過於在利莉身上。

不過，世音一副氣定神閒的樣子，不管什麼問題都輕鬆應對，而且幸好，利莉的手藝比預想中不會太差。她的廚藝跟實力，根本不知道從那裡學回來……

好不容易，結束了同日的家政課之後，就是體育課。

有時候，我會覺得我很喜歡這年時間表的編排方式。

家政課之後就是體育課。

如果運氣好的話，那堂不是手工藝裁縫而是料理，就等於吃個免費早餐後再上體育課。

這所學校的家政課費用，完全是由學校支付的。

拉開社團置物櫃的門，我把脫下的襯衫信手甩入上層，拉起黑色T恤便要脫下，手臂上的黑色符文讓我乍然一愣，下意識便去遮掩。

「幹嘛又脫又穿？這裡都是男人有什麼好怕啊！都已經一年啦。」流馬拍著我的背說道。

「我是有苦衷的……」我嘆了口氣，終究一口氣脫掉上衣。

黑色的符文大刺刺地露了出來，同時，我也感到其他人窺探的視線。

我根本不想這樣……所以在換衣服的時候，我其實很猶豫，是不是應該要躲起來單獨換比較好？

「咦？這是……跟俺來一下。」流馬眼神閃了閃，把我拉到更衣室的另一邊。

「幹嘛……我根本不想和單獨男生換衣服哦。」我望著他，習以為常地開著玩笑。

「不是這個問題……喂！那邊的人不要看！」流馬大吼了一聲，順手把我拉進旁邊的廁所隔間。

結果，我又聽到外面的人開始議論著我們的事，什麼因為紋身讓老大發火之類的……拜託！饒了我吧！

「你該不會真的對我的符文有『性趣』吧？」

「你看。」流馬一把脫掉自己的校服T恤。

跟我一樣，他的乳頭也有著向外伸展的清晰的齒印符文，不同的是，他的符文並沒有任何顏色，而是一道淺淺凹下去的齒印形式。

我忍不住再用手摸一摸自己的符文，那凹凸的觸感已經不復在，符文彷彿就像紋身上去的一般。

「俺最近經常發一個夢……」流馬皺著眉說道。

「夢？」

「就是我坐在自己客廳上的沙發，窗外，永遠掛著一個大得不合常理的月亮，時間也好像靜止了一樣。內容是我跟一個名叫夏洛克的大姊姊，談著關於利莉和那個什麼操同使的事……」

……這個時候終於要來了嗎？我不由倒吸了口氣。

不過，那個大姊姊的形象是怎麼一回事？利莉很會說話又是怎麼回事？很好！下次再夢到老頭我應該好好問一下……不對！現在可不是在意這種事的時候。

「利莉和你的蛋白的存在，就是所謂的魔法生物，她們之間必須互相廝殺，沒錯吧？」流馬的語氣變得很沉重。

「嗯。」面對這個情況，我只好點頭默認。

「原來，你還真的知道啊……好不容易才和利莉相逢，結果最後，又是這樣的結局等待著俺們……」

流馬倒吸了口氣，推開了廁所的門走了出去。

在離開之前，他又回頭望了我一眼，「……俺還是想再問一次，聽那個叫夏洛克的女人說，你也有作過這個夢，是真的嗎？」

「嗯……是真的。」

「那麼，魔法生物之間的廝殺是事實沒錯吧？」

「對。」

「為什麼你要隱瞞著俺？」

「……因為，我不想有任何人犧牲啊。」

雖然，我不知道蛋白是什麼變過來，但就算不想承認，我早已不希望蛋白離我而去。

雖然不知道她喜歡我的理由在那裡，但她不知不覺，已變成了如同我家人的存在。

而看到利莉這個情況，我就更加不想下手。

那時的流馬，真的因為利莉而哭得很厲害……

「俺也是。」流馬笑了，認真地看著我，「好啦，反正擔心都沒用，倒不如盡力維持現狀比較好，對吧？冬司？」

「……嗯。」我由衷地點頭。

這時，上課的鈴聲打響。

「快走吧！」我被流馬拖著，奔向大禮堂。

說是禮堂，倒不如說是體育館加禮堂的混合地方。

當不是集會之類的用途，基本上，這裡是有三個標準的籃球場這麼大，而且橫向排列，順帶一提，如果不是基礎測驗又或者是考試週，基本上，是兩堂的自由活動，打球、長跑、散步完全聽任自由，而且，男、女生是一起上課的喔。

只不過，要在禮堂的範圍內。

所以這時，我、蛋白和利莉坐在籃球場的旁邊，而流馬則被邀去打球而暫離。

因為我很少和班上的人交流，加上在別人眼中我是個陰沉的人，所以，多虧流馬也邀我組隊，才不至於那麼寂寞……

算算這樣子已經有六年，所以，我多少都習慣了。

「你想知道關於我更多的事喔？喵？」

「嗯、啊——我有很多事都想知道，不介意的話，妳可以跟我說嗎？」

明明同為魔法生物，為什麼蛋白和利莉的個性會差這麼遠？

至少在語言發展上，我比較有興趣知道。

「唔……我只知道我第二喜歡蛋白喔！因為她很可愛喔！喵。」利莉說著，用力抱緊蛋白，臉蛋也貼著蛋白的臉上下磨蹭。

而蛋白大概放棄了做出無謂的抵抗，眼神放空似地望著籃球場上。

「喔……那麼，除此之外呢？」

「說到第一名，當然是流馬喔！畢竟我的命是他撿回來的，就算要我為他賣命，做我不想做的事，我也會去做！不過他都不像蛋白這樣，會乖乖讓我抱，喵……」

「所以呢？」

「所以，可不可以把蛋白借給我一日喵？」

「如果這些話是跟流馬說的話，他應該會很開心喔……」我半開玩笑地說道。

「真想好好對蛋白惡作劇一下，喵！」利莉誇張地嘆息。

「妳這樣子，真像個痴女耶……」我毒舌地做出批判。

「惡作劇？」蛋白望著我，若有所思地仰起頭。

「喔、喔！蛋白不知道什麼是惡作劇嗎？讓大姊姊來教妳吧！」利莉從後背後抱著蛋白，「惡作劇，當然是指這樣子喔！」

利莉用嘴輕輕吹拂著蛋白的人類耳朵，然後，用舌頭侵襲著蛋白的脖子。

「嗚……嗚喵！」大概因為受到一股強烈的衝擊，蛋白的身子顫動了一下。

她開始掙扎卻沒有成功，只能乖乖繼續接受利莉的對待。

「呵呵——明明是兔子還會我一樣貓叫，真想更好好惡作劇一下呢！絕不會讓妳喘息喔，喵。」利莉輕笑，一雙貓眼又圓又亮。

我從流馬那裡聽說過也體驗過，如果挑起了利莉的癮，直到她累倒或者玩厭之前，都要乖乖順從她的意思跟她玩下去，而蛋白的反應，應該挑起了利莉的癮。

我只好強行把她們分開。

蛋白就立即縮到我懷中哭泣，大概是被利莉嚇到了吧……

「真是的……喵。」利莉好像掃興似地嘆了口氣，抱膝坐著，嘟嘴望著我和蛋白。

「妳也太超過了吧！這根本就叫讓自己為所欲為而不是教導。」我沒好氣地抗議，邊不斷摸著蛋白的頭安撫，以平復她的心情。

「是啦、是啦——哼！喵。」

「對了，妳平時都是這樣對待流馬嗎？上星期，他好像三天沒有上班耶。」我忍不住惡寒。

「是哦……」利莉扭著身子，用雙臂都擁抱著自己，「每晚，我都會安撫著身心疲憊的流馬，然後，來一個愛的身心結合喔！」

「沒想到人形化的妳，會是個超級大變態……」

「其實不是啦……」利莉呼呼笑著解釋：「只是我哀求著我也想來學校，然後，他扔了幾本書給我。跟我溫習，喵。」

「但，妳弄得懂嗎？」我強烈地懷疑。

「嗯……起初完全不懂，流馬也快要放棄教導時我就哀求他，之後他也很耐心教，我就很快就懂了，現在，我都差不多把很多課本都背下來了喔！喵。」利莉十分驕傲地強調。

「不會吧……」我大為感慨，同樣是魔法生物怎麼差別那麼大？

「你不相信的話，叫我背一頁……喔不！是整本也沒有問題喔，喵。」利莉興致勃勃地說道，貓眼灼灼閃著光芒。

我大為懷疑，真的隨便叫她背出世界歷史書的某一頁，結果，她真的整頁都背了出來。

「好啦、好啦！我相信！我相信就是了！」她說得振振有詞，我只好讓她停下，不然，我大概直到下課都在聽課文背誦。

「哼、哼——我很厲害沒錯吧？喵——」

「是啊，妳最厲害了，可以嗎？」

搞不好，魔法生物某程度都是「人肉記憶卡」……喔不！應該是文科之寶。

改天我也讓蛋白試試看，那三科合格就輕鬆搞定，世音也可以安心過暑假了。

「耶！雖然不是出自流馬大人的口中，但一樣很開心喔，喵。」利莉蹦蹦跳跳，看起來好像很高興的樣子。

……真是個很容易便滿足的傢伙，我有些好笑的又問：「嗯……不過，為什麼明明只是貓，妳卻會變成人型喔？」

「這個我也不太記得了喵……我只知道某一日我的心情都很沉重，很想變成人類待在流馬的身邊，結果，在窗戶上坐上了一個奇怪的老頭，喵。」

「是個滿頭白髮、長滿白鬚，身穿黑色長袍、滿臉笑容的老頭嗎？」我連忙追問，反射性地馬上想到那個老頭。

「嗯、嗯……總之，詳情我就是都不太記得了喵，總之，我一覺醒來，就看到流馬在面前了喔，而且，我也有人類的外表了，喵！」利莉愈說愈高興。

「除此之外，還有記得什麼嗎？」我再問：「例如會不會夢到自己跟一個老頭子，又或者是性感的大姊姊對話？」

「沒有，喵！我只是每晚都夢到化成人類的自己跟流馬結合喔，喵……」利莉陶醉地雙手托著臉頰，臉蛋都變得紅通通，全身都扭捏。

真是隻好色貓女……我惡寒地吐槽。

不過看來，那晚老頭子所說的魔法生物不會記得他應該是事實吧……但，又為什麼要拐帶別人的寵物人型化？動機又是什麼？

愈想愈搞不懂那老頭子在想什麼，我只有無奈地嘆了口氣。

時間就在我胡思亂想的同時，飛快流逝了。

復課後的第一天就這麼過去了

放學之後，我帶著蛋白去了學校的兔屋。

這裡就是當初撿到她的地方。

看到利莉的情況後，我有點心血來潮地把她帶來這裡，想看看她的反應。

這是個我自己進去都覺得很擠的小空間。

連蛋白都進去後，我只能夠在外跪下來，上半身探進去整理亂掉的草。

我一邊觀察著蛋白的反應，不知為何，平常都木無表情的她，這時看著好像是在笑著的樣子。

我可以感覺得出她應該很高興，而兔子們好像也都很喜歡她，紛紛跑到她身邊，其中一隻黑兔更是跳到她的膝蓋上。

是因為她身上都散發著很像兔子的氣息和感覺嗎？

我猜想，赫然又想起那隻特別喜歡黏著我，我摸摸牠的頭，她都會用鼻子碰觸我的手，也會跳來我膝上的走失的兔子，

我一度很想找到牠，卻沒有任何所獲。

不得不放棄時，我甚想為牠立一個墓碑，証明牠曾經存在過……

……我一覺醒來就看到流馬在面前了喔，而且我也有了人類的外表，喵！

「……咦？」

回想起利莉的話，我細數了一下她從失蹤起至現在的時間，差不多也是一年吧？

不……好像是半年！

還記得半年前利莉失蹤的時候，流馬他幾乎整個星期都哭跟我訴苦。該不會……

「月兔。」我望向蛋白，試著叫這個名字。

霎時，蛋白就像觸電了般整個人僵直了下，接著睜大了雙眼看著我，頭上的那對耳朵更是不停地上下擺動。

明明我之前我摸她的頭，都不怎麼有反應，叫她的名字都只是「嗯」幾聲而已……明明是特地為了那隻經常黏著我的兔子取一個名字，為什麼蛋白會如此大反應？

我伸手摸著蛋白的頭，心中已經浮現了一個令我難以置信的答案，只是剩下求證而已。

蛋白似乎很享受也喜歡我的舉動，突然，她用鼻尖頂了一下我的手。

錯不了……這絕對是月兔經常向我做的反應，也就是說蛋白……不，是月兔，也人型化了？

「這到底是怎麼回事啊？老頭……」我被這個事實弄得一片混亂。

「……媽媽！」蛋白抱著我的脖子，反應就像失散很久的親人再次相聚一樣。

「月兔……」我再次喚出這個名字。

她並沒有回答我任何話，只是抱著我的力度又更加大。

「妳真的是月兔嗎？」我嘆息：「為什麼不一開始就說自己是月兔啊？」

「……不懂……說。」她鬆開了我，神情激動。

果然哩……難怪她老是要黏著我的樣子。

「真是的……」因為不知道自己曾經身處「這個世界」，才會對任何事毫無知覺嗎？我還真是個差勁的傢伙呢！現在才知道她已經存在我身邊，現在才發現到有什麼不對勁……

我撫摸著她的頭，罪疚感充斥內心

失蹤了的兔子已經找回來了，只是因為不懂說話，所以才會不懂表達自己是誰，雖然是以人型的外表找回來，那個月兔已經「不復再」了。

這麼一來，令我對蛋白——月兔的保護慾又更強了。

夜色漸沉，我領著蛋白離開兔屋。

在校門口將蛋白將給等候的世音，我目送兩人離去的背景消失在車水馬龍中，忍不住又呆站了許久，直到天色全暗、街燈亮起，才匆匆地奔向打工的便利商店。

忙碌又規律，不斷重複上架、補貨的工作，讓我暫時忘了腦中各種混亂的想法。直到下班，我走出便利商店。

「啊……你真的沒事嗎？」

莫名被拉住了手，我忍不住回頭望去。

與我差肩而過的的男人正一臉驚訝又激動地望著我，但我左想右想，也想不起自己跟這個男人曾發生了什麼事，更想不到自己跟眼前的人有什麼關係……

「……你是誰啊？」完全搞不懂發生什麼事的我，只能這個反應。

我想，這應該是最好的反應沒錯吧……

「抱歉！」男人在我的目光下有些尷尬地鬆開了手，同時又有點急切地詢問：「……可以打擾一下你嗎？」

一個不認識的陌生男人，在這個時間、這樣的地點突然提出這樣突兀的要求，照理說我應該想也不想的拒絕。

但莫名地，心中有個聲音催促我答應他的請求——

「哦……好的。」我點點頭。

「……謝謝。」男人有些結結巴巴地說道。

而後，我和他漫無目的地在路上走著，他卻沒有說再說過任何一句話。

我有點困惑。

正想開口時，他也開了口：「你真的沒有事嗎？」

「我比較想知道為什麼你會一直問東問西？你是誰？」

「上星期，是我不小心撞到你的……」他說著，低著頭別開視線。

原來如此……

「我應該得要向你補償什麼的……畢竟……」男人又道。

「既然我已經沒什麼事的話，其實整件事都不用再追究吧……」

「不！要的！」

男人出乎意料的反應，讓我停下了腳步，難不成……我的反應錯了嗎？

上星期因為這個人而死去，但又因為月兔的關係我再次復活過來，而且平安無事，除了這樣說，我還真不知道接下去該怎麼反應才好。

望著男人一臉急切之色，混亂之際，我無頭無腦地開出了一個要求——

「……真的只是這樣就好嗎？」

因為我還未吃過晚飯的關係，我們就進了附近的一家餐廳中。

只有我和這個人。

「嗯……」

因為眼前的這個人，我差點就得要離開月兔的身邊。

但現在我卻完好地還生存著，還安好地坐在這裡，我正在抱持的心情，連我自己也不清楚……

「那個，為什麼你要做到這個地步？」我忍不住問對座那個顯得侷促的男人。

車禍之後，我其實已經沒什麼大礙，這件事對我來說已經變得毫不重要，而根據醫院的報告跟警察的筆錄，我的情況連意外事故都算不上，換言之，這男人不用承擔任何的責任，實在不需要表現得這樣愧疚。

「不這麼做，我良心不安，而且，有件事我真的非常在意……」男人深吸了口氣說道：「當看到你的名字，我就會想起八年前的交通意外……」

「八年前……交通意外？」原本在喝著熱茶的我不禁放下杯子，回過神來時，我已經站了起來，雙手用力地按著桌子，面部都被自己繃得很緊。

「那一晚，我下班之後一如往常駕車回家。」我的表情大概很恐怖吧，男人的表情很慌張，「在無人而冷清的夜晚之中，突然看到你無故站在馬路的中間，我想把車停下來，不停扭轉著方向盤，但車子好像失控了完全不能轉向……」

「然後……我的爸爸為了保護我而衝了出來。明明該死的人是我，但是……」我全身都軟攤回座位上。

「……對不起！這次也……對不起你們……」

「這年來，我家改變了許多，我爸爸死後不久，我媽媽也從人間蒸發般消失……」

「對不起，真的……」

男人拚命地向我道歉，除此之外就沒有別的語言。

「如果『對不起』有用的話，世界的確少了許多的紛爭。」我截停了他的話，心情很複雜。

眼前的人，就是拆散了我的家同時也是差點把我殺死的傢伙，我應該……我明明應該……

「一切既然都已經發生了，就讓它過去吧……」我睜開眼，定定望著那男人。

那一晚已經是很久以前的事，就算我把這年來的不憤和辛酸都一口氣向他發洩，就算我向他追討再多的賠償，我爸爸不會復活，我媽媽也不會突然出現，做什麼，也是浪費氣力而已……

「……真的沒關係嗎？你真的……不怪我？」男人說著，從他的袋中拿出一張紙，撕下一角寫了自己的名字和電話給我，「我什麼也願意幫助你，如果你有什麼麻煩事也可以來找我。」

「那麼以後就請多指教了，幸誠先生。」我看了下名片，不以為意地點點頭，「我叫冬司。你應該知道了吧？」

……也對，我要保護的事現在實在太多了。

ch4 夢？宿命之戰！

最近我反反覆覆地作著惡夢。

月夜，在巷子中有個少年，拉著貓耳少女的手不停往前方奔跑，直到走到死胡同。

紅色的火焰掠過兩人身後，少年回頭。

「所謂的維持和平就是這個樣子嗎?冬司！」他質問，對象是我！

「回答俺啊！冬司！」少年站貓耳少女身前，擋著她。

「……流馬，我也有要保護的人啊……」我聽見自己嘆了一口氣，右手一揮，揮出的火球漸漸變成火柱，形成龍頭的形狀襲向流馬。

「可惡啊！」流馬衣服下隱約散發著暗紫色的光芒，接著，他同樣右手一揮！

同樣的龍頭狀烈焰擊射而出，不同的是，他所釋放出的火焰是近乎黑色的暗紫。

黑焰擊散了紅焰，包裹著我。

「沒有溫度，單純的傷害魔法嗎？」我沒有露出驚慌的神色或慘叫，以王者的姿態，俯視著身邊的黑焰，而後雙手一舉，「只不過是……模仿而已！」

紅色的閃光一閃即逝，接著爆炸消滅了黑焰，剩下的，只有一片爆炸造成的煙霧。

「當世界還有敵人，和平就不會來臨，一日還有對手，遊戲就不會完結……你明白嗎？」

煙霧散開，一眨眼間，我已經在流馬的面前，露出了平常沒有的猙獰笑容，左拳向他的臉龐揮去！

「利莉！」

「是……是的喵！」利莉右手向流馬一揮。

流馬胸前的符文也跟著發亮，左腳一躍，右腳向我踢擊！

我用雙手擋下這一踢，但流馬右腳爆出的黑焰同樣地造成衝擊，把我踢飛至隔壁的牆，撞起一陣塵埃飄。

塵埃遮住了我，反應不及的流馬同樣緊閉了一下眼睛，接著——

「流、流馬……」利莉淒厲慘叫。

「流馬……」我抓著她的頭，舉起她，回頭望著自己多年的友人，臉上露出陰森的笑容。

「利莉——」流馬絕望的臉，映著我手上的火光一閃——

巨大爆炸造成的衝擊沒及了流馬，眼前的景象，只剩下了一層覆蓋著一切的黑色塵霧。

就這樣，惡夢反反覆覆地作著。

夢裡我遇到流馬、利莉，內容每次都好像與流馬對打，而結果，是利莉淒厲的慘叫聲，然後，蛋白就消失在我的眼前。

醒來時，我的心都會跳得很快，也有一種好想把蛋白緊緊抱住，不讓她從我身邊離開我的感覺。

我躺在地板的床鋪上，呆望著舉在半空的手，符文都好像比昨日還大了一些，到底是什麼的原因，我真的不知道。

可以確定的是，我徹底失眠了。

現在是清晨的三點。

我走出房間，獨自坐在客廳的沙發上，試著想其他的事去分散一下自己鬱悶的心情，例如……在家政課那時我意外地點燃了瓦斯爐。

「會是跟火有關嗎？」老頭跟我說過，我的魔法會因應自己的心境而發展出來。

我攤大自己的手掌，集中精神凝望著自己的手，直至看到火花爆開一點！

我長吐了一口氣，再次集中精神試圖運用火以外的魔法。這次，火焰比剛剛的還要明亮和熊烈，而且我胸口的符文也閃著橙紅色的光芒。

「喔……不行，又是火焰。」而且看來我每次使用魔法，胸口會跟著發光吧……

我有些不信邪，強忍著開始襲來的睡意再次凝望自己的手。

「……冬司。」蛋白迷迷糊糊的聲音傳來。

「有什麼事嗎？」我轉過頭。

她沒有回話，就像夢遊般慢慢走過來，步伐不穩，然後跌到我的身上繼續睡著。

「真是的……」我失笑地抱起她，把她抱到房間的床上。

最近，蛋白都沒有在睡覺時咬我的乳頭。

這令我安心了很多了。

躺到地上的臥鋪，夢裡的戰鬥冷不防又再次浮現在我眼前——

……我應該怎麼辦？

我該要把利莉殺掉嗎？我應該要把利莉以外的「她們」也殺掉，來保護蛋白，來換取願望嗎？

夢裡，當利莉再次離開流馬身邊時，流馬哭得有多悲痛，那種心情我很明白。

而蛋白……蛋白現在等於是我的家人，保護她，是我應該做的事才對，不止她，世音、伯母、伯父和流馬，也是我的家人……

「就好好保護「她」，保護好現在的一切不就好了嗎？」望著眼前的人，我好不容易重整的心情，又開始複雜起來

明明決定好未來，只要努力，就不再是白費心機了嗎？

「蛋白，快起來囉——」

早上在廁所梳洗好，我回到房間，剛睡醒的蛋白正跪坐坐床上，頭髮仍然很散亂，一直搖搖欲墜回想攤回床上的樣子。

我決定充當一回鬧鐘，邊拍手吆喝，邊不斷地拉著她的兔耳朵騷擾她。

很快地，她的兔子耳朵伸直了一下，還合上的眼睛也睜大起來。

但是，她卻擺出跟昨晚一樣不滿的表情望著我。

「冬司！」

「是、是，有什麼事？蛋白？」難得她會開口叫我，我心情大好地繼續進行騷擾。

「月……兔。」她嘛著嘴，小聲嘟噥。

「欸？」

「叫我……月兔。」

蛋白還是不太懂用說話去表達自己的心情。是最近才好一點，不過沒想到，她現在會跟我嚷著要叫回她的真名。

「蛋白，不好嗎？」為什麼到現在才要叫我這樣稱呼她呢？

「不好！」

「那個啊，蛋白……」

兔耳妹目露凶光，而且我還聽到像是火花爆發的獨特聲響，披亂的頭髮，也微微豎起……嗚哇，超恐怖的！為什麼現在她會氣成這個樣子？

「月兔……這樣叫的話，好像不太好喔。」

撓了撓鼻心，我想著怎麼給兔子順毛，想著怎麼解釋。

她好像不太懂我說的話，歪頭望著我，剛剛兇悍的眼神已不復再，變回了往常一樣的微垂的柔弱眼神。

……妳還變得真快哩。

我暗自好笑，乾咳了一聲又道：「我應該為妳取一個更親暱的名字，只有我才叫妳的名字。」

她靠近我，神情好像充滿期待。

「叫月兒吧。」我說。

「月兒？」

「對呀，只有我才會叫的、特別的名字。」我強調，就像流馬叫自己的寵……魔法生物原有的名字一樣。

蛋白躍起身子，滿臉很高興的樣子。

這時，鬧鐘突然響了起來。

為了避免一起遲到的慘劇，我連忙把那隻還在蹦跳的笨兔子抓進浴室。

不經意間，我低頭看見捲起的右衣袖下黑色的線條。

黑色的符文已經伸展到我的臂膀，總覺得比之前還要深刻的樣子……

會是……我的錯覺嗎？

「早安啦！」

一踏入教室，我率先跟流馬打了聲招呼。

「……總覺得你今日的心情很好的樣子，是什麼事嗎？」流馬有些淡淡地追問。

「沒什麼啦……」

「是哦——哈。」他輕笑了一聲。輕拍了我的肩膀。

我和月兒則返回自己的座位。

課堂上，我總是不經意地分神望向坐在我旁邊的月兒。

她還是專注地望向黑板，筆記絕不會去抄寫，似乎只要用背的就能記下所有的科目。

利莉也是。

我不經意轉頭，望向同班上號稱本學校「文科之寶」，只要是背誦的科目就會拿滿分的怪物……應該說是「人肉記憶卡」的卡娥絲的方向望去。

我一直留意了很久，她都好像也幾乎不會寫筆記的樣子。

就跟名字一樣，她好像是有著國外血統，金色的雙馬尾上綁著頭髮的地方，有著小小向前傾的彎曲角，而且每日都是綁成這個樣子，再加上銳利的眼神，散發著一種讓人無法接近的感覺……

雖然從上一年開始同班，但我一句說話都沒有跟她說過，甚至，我也沒有看見過她跟人說話的樣子……在班上，她似乎屬於不太活躍的人。

給人的感覺，就像充滿利刺的玫瑰花一樣。

時間就在我不斷神遊天外流逝，好不容易才忍受到午休的時間，待老師走了之後，我直接拉著月兒上了天台。

「那、那個喵……」

聽到這個聲音，我和月兒自然望向天台的門口。

利莉躲在門背後，只探出上半身出來叫著我們。

「怎麼了？流馬呢？」我笑著問。

然後，她走了出來，「他在教室……我這次，是有點話想跟蛋白說的喵……」

「要我離開一下嗎？」我又問。利莉看上去好像很低落的樣子。

「不、不用喵……嗚、嗚嗚喵——蛋白喔！」她突然抱著月兒，把月兒的頭都埋進自己的胸口之中。

「這次又搞什麼啊……」我哭笑不得地站在一旁。

「妳……會喜歡利莉嗎？喵？」利莉放開了月兒。

月兒凝望著她良久，然後終於開口：「只要……」

「只要？喵？」

「不是傷害到冬司的話……」立場開始轉換起來，月兒抱著快要哭出來的利莉，把她的頭都送到自己的懷中，說道：「我、我都會原諒妳……」

剛剛快要哭出來的利莉，現在都已經崩潰了一般在月兒的懷中大哭著……到底為什麼她會哭成這樣和說那句不可思議的話，我真的怎樣想也不能理解。

而月兒就像母親一樣，撫摸著利莉的頭平伏她的心情。

「嗚……嗚喵！利莉除了流馬之外，最、最喜歡的就是蛋白了喵！」利莉邊哭邊說，而且愈哭愈厲害。

「到底發生了什麼事啊？利莉。」我不得不追問。

「不！沒什麼喵……嗚嗚……」

利莉哭夠了之後，便單獨回了教室。

「那個……月兒。」關上被拉開的天台，利莉哭泣的情景在我腦中揮之不去，到底有什麼事可以令利莉哭成這個樣子，我真的毫無頭緒。

「冬司？」月兒歪頭望著我。

「嗯、啊……那個，雖然不知道利莉為什麼會哭成那樣子，還問了莫名其妙的問題，但妳說不傷害到我的話，妳就會原諒她吧？」

她點了頭。

但是，這令我更加不安。

「我，昨晚下班時遇見了幸誠先生……」

「……不能原諒！」月兒立即緊繃了眉頭，拳頭也握得好像很緊。

「明明我就應該抱持著和妳的同樣的心情去看待他，明明很想向他追究，但我卻沒有這樣做……」

「……為什麼？」

「可能是因為我想要的，就算追究到底也要不回吧……我很想爸爸和媽媽回來，但人死也不能復生而且，這幾年來也沒有媽媽的消息，可能因為這樣，我才會有這種奇怪的想法。」

「嗯……」月兒沒有再顫抖了。

她的兔耳垂了下來，面龐之中也帶點悲傷的感覺。看來，這段時間她真的學到很多事，我也沒想到她居然會問我「為什麼」……

「雖然我這個想法太奇怪了，但是我仍然覺得這樣子其實也不錯，也許，以後就算我不主動連絡他，我們也會有再次遇到他的機會吧……我算是原諒了他，那麼，妳呢？」

月兒呆望了我一會，而後開口：「如果冬司……所原諒的……我……也會原諒。」

「是這樣嗎？謝謝妳。」聽到月兒這樣回答，我的心情頓時感到舒暢多了。

月兒一直下垂著的兔耳豎直回來，表情也比剛剛都更為開朗很多。

「走，回教室吧！」我笑著向她伸出了手。

她用輕快的步伐跟在我身邊，粉色的長髮飄在藍色天幕下，像是虹彩般美好。

星期六晚上十點，可以在車站附近的噴水公園旁單獨見面嗎？

——冬司學長：

我關上了鞋櫃的門，有些錯愕地看了滑下來的信。

信件沒有署名，只寫了這句話，從字跡看上去清新而整齊，肯定是女性的筆跡，而且相信本人也一樣漂亮、可愛吧？

會寫成學長的話，應該是學妹……難道我的春天真的來臨了嗎？

我忍不住傻笑起來，等回過神來，就看到月兒站在我面前注視著這封信。

「不、不要看啦！」我趕緊把信收回褲袋中。

「冬司……明明就有我了！」月兒噘著嘴，不滿地望著我。

「欸？」我應該給一個怎麼樣的反應給月兒啊？

再次確認了下信的內容，現在，我遠沒有一開始那麼期待、興奮了。

衣角好像被輕輕拉住，月兒一言不發地望著我，

我撓了撓鼻心，「算了……妳也跟來吧。」

時間星期六，是今天晚上沒錯。

帶著月兒出了校門，我算了算時間還早，便決定先去附近的商場殺時間。自從月兒來了之後，家中的食物都用得很快，趁這個機會都要購買一點。

一走進商場，月兒便停下來直盯著遊樂場內的櫃上。

「我還以為是什麼……原來，是那個丟臉騎士的特製絨毛玩偶啊！」

我興趣缺缺的撇撇嘴。

那個全身穿著粉紅色中世紀盔甲的漫畫英雄，因為做成毛玩偶，頭顯得特別大，而且突出來的兩個尖角中間寫著的「丟」字，比電視更清晰可見，老實說人如其名——丟臉。

真不知道為什麼人氣會這麼高……就算吸收人們的丟臉能量後再跟邪惡怪人開打這個設定，真的有夠創新啦！

而且，為什麼要一反常態不做塑膠模型而做成絨毛玩偶呢？還弄到入手難度極高呢？

這個絨毛玩偶，不但是這間連鎖室內遊樂場的限定商品，而且還是「彩虹池」的藍獎，就算在網上拍賣的起標價都定得太高。

沒想到半年之前的產物，它仍然佇立在這裡。

「要走了囉，月兒。」我不感興趣地拉了月兒一下。

但她卻繼續站在原地。

「冬司……」月兒眼巴巴地望著我。

「不行！我沒什麼錢！而且認真玩那個是很難也很砸錢啦。」我繼續拉著她走。

但她彆著扭般不願離開。

「真沒妳辦法……就試一次，不中獎的話就要乖乖離開喔。」我不得不妥協。

月兒用力點頭。

我抽了抽嘴角，認分地去兌換了幾個代幣。

遊戲的方法的確很簡單——沒錯！真的很簡單，但玩起來，真的比玩這家遊樂場的遊樂設施還要難。

每個彩虹有三種顏色，最外圍面積也是最大的是紅色是小獎，中間的黃色是中獎，最內面的是藍色也是最難命中的位置，才是大獎。

但這整個「彩虹池」只有一個藍色的位置而已。

我們走到彩虹池前。

我簡單地為月兒解說後，她拿著代幣然後擲了出去，第一次中的是小零食的紅獎，她還真的以為有希望，興致勃勃又試，可惜其餘幾次仍然全數落空。

「冬司……」她的表情好像很想哭地望著我。

「……妳到底有多想要這隻絨毛玩偶啦？」我好氣又好笑。

她把手上剩下的一個代幣硬塞了給我，好像把最後的希望託付到我的手中。

「妳靠我都沒辦法啦！這個遊戲，根本就沒有技巧可言……」

她嗚叫起來，視線轉到去那個丟臉騎士去。

「……我試試看吧，沒辦法中獎的話就要乖乖跟我離開囉。」

我只好把手中的代幣擲了出去！

代幣在藍色範圍間旋轉著，只要碰到一丁點的黑線，直至清脆的金屬敲擊聲逐漸響起，硬幣的旋轉愈來愈慢……終於，它停下來了。

「喔、喔！」月兒高興地叫著。

「恭喜您！代幣掉落的地方是藍獎！」

工作人員走了過去，確認過硬幣真的掉落在指定範圍之後，跟我們說：「這半年來在這裡的丟臉騎士絨毛玩偶，終於被你們抱走了囉！恭喜你們！」

月兒緊抱著那丟臉騎士的絨毛玩偶，突然把頭伸過來舔了我的臉龐一下！

這種行為有點嚇到我，不過換算成兔子的語言或是共通的動物語言的話，應該是很喜歡我吧？

「走吧，時間差不多囉。」我摸著她的頭。

她的耳朵擺動了一下，呵呵笑著，腳步輕快地跟著我。

十點鐘，我帶著月兒準時來到車站附近的噴水公園。

我環視了四周一下，這個時間都沒人的，到底為什麼那學妹會特地挑這種時間，約我來這裡呢？因為太過害羞的原故嗎？

因為太過昏暗的緣故，我瞇著眼注視著往小山丘的小徑。

那裡碰巧有兩個人影。

在燈光的照耀下，我隱約看到一個男生的面龐。

他的背後，則跟著一個有尾巴的人。

「冬司……」

略為低沉的聲音，聽上去好像是流馬。

我有些意外，連忙再看清楚——果然是他沒錯！

那麼，他身後應該是利莉吧……只是利莉看上去沒有平常的活力的樣子，反而一臉憔悴。

她身上的是穿著純色的和服，改成了方便活動的短裙版。

「流馬？這麼碰巧喔？」我笑著招呼。

是因為那個學妹需要一個人見證我們春天的來臨，才把這傢伙給搬出來嗎？可惜啊……我是想過來拒絕的，雖然會很對不起那個人……

「冬司，俺最近總是發同一個夢。」

「什麼夢？」

我順口反問，有點不解為什麼好像變成要聽流馬的故事的情勢？

「你會殺掉利莉……」

「怎麼可能！」我堅定地說道，殺掉利莉，對大家來說跟本沒什麼好處……

……不！對我來說根本就是一個好處，我將會少了一個對手，相對的，我又會少了一個朋友……

「夏洛克曾經說過一個可悲的事實……你沒可能忘掉吧？」流馬幽幽說道；「魔法生物之間，就是互相廝殺的存在……」

魔法生物之間，就是互相廝殺的存在……這句話，瞬間刺痛了我的胸口。

「不可能！月……蛋白根本就沒有想過殺掉利莉，我也沒想過這樣做！我不是說過，維持現狀的和平不就好了嗎？」

「但對手一日還存在，和平就沒可能來臨啊！冬司！這樣的道理你不懂嗎？」

只是一眨眼的時間，流馬已經跑到我的面前，下一秒，強烈的痛楚在我的腹部散發起來。

「來啊！不想俺殺掉蛋白的話，就從俺的眼前幹掉我們啊！」眼前的流馬，表情不再是平常的那個流馬，已經完全失控了，就跟夢境裡一樣……

我痛得不禁按著肚子跪了下來，曾經，我和流馬也因為小爭執幹過一架，但這一拳，比以前還要重。

流馬沒有再向我攻擊，而是用憤怒的眼神望著我。

「我……我怎可能會殺掉利莉？你不相信我嗎？」

「如果，當初不是我主動跟你說話，本身沒什麼朋友的你，心中會有『相信』這個詞嗎？」

「你……真的不相信我嗎？」我不肯就這麼放棄希望。

下一刻，我被他一腳踢飛！

「才剛跟你認識一年，俺會完全相信你嗎?!」

身體很痛，也很心痛——我一直相信流馬，也相信利莉；我一直堅信會能夠維持現狀，能夠找到更和平的解決方法……

但，我被出賣了。

流馬不相信我，利莉也沒有出手阻止……不！我仍看得出她的眼神是退縮的、愧疚的，失控的，是流馬。

「來啊！還手吧！還是要眼睜睜看著蛋白的消失？」扯住了我的衣角，把我整個人拉起。

「我啊……」

「怎麼樣？」

「也有著要保護的人和事啊！」我猛一個頭槌向他頂去，扎扎實實地擊中他的額頭。說真的……我也很痛，不過，這種痛比起被出賣、不被信任，甚至可能失去月兒，或看著流馬失去利莉的那種心痛，比起來根本不算什麼……

……魔法啊，快點使出來吧！

我在心中默唸，感到胸口傳出一陣力量，符文，正在發光。

我伸出手，然後，一拳去流馬揮去！

「火焰嗎？」流馬接下我一拳，抓緊我的衣服後把身一轉，把我壓到地上，「可惜，弱成這樣子啊！」

「我不懂你在說什麼！」我抓著流馬的右手臂，下意識地想像自己的手被火焰給包裹。

流馬的手一鬆，我趁勢踢開他好讓自己站起來。

「利莉！給俺魔法！」

「流馬！住手好嗎？喵！冬司他根本不是……」

「……這是命令。」流馬截住她的說話。

「嗚……冬司！對不起！喵！」

「利莉，就如當日妳說的話一樣，我會相信妳的。」我認真地強調。

流馬胸口傳出暗紫色的符文形狀光芒，舉拳向我一擊！

我下意識想舉手擋下，還來不及反應，就被流馬狠狠地打中胸口。

「嗚……」因為這一拳，我的視線很混亂，只感到自己在空中飛了一下子，而後，又在地上翻了幾圈。

我過神來，想爬起身子，身體每動一下就覺得很痛，但，我必須要忍下去。

我重新站起來，用著冒著火焰的手抓住流馬的腳。

他猛力一甩，甩開我的手向後跳了一下。

如果是火焰的話……應該也可以控制爆炸的吧！

望著流馬，我想像他身邊冒著火花，然後我伸出手——

爆炸造成的煙霧阻礙了視線，當我以為成功了時，左手也燃燒著暗紫色的火焰的流馬，向我伸出了手！

「很不巧……」流馬看著自己的拳頭，「我早就發現自己的『同步能力』是模仿。」

換句話說，我就跟自己打？

「怎、怎會這樣……」我無力地苦笑。

「俺可未見過有人在戰鬥時發白日夢的。」夾帶著火焰的拳頭猛地又揮向我腹部，流馬冷笑，「這是俺在夢中學回來的你的魔法，碰巧也是用火焰喔。」

腹部感到一股被炸的感覺，我眼裡又是同樣的星空！

我不行了……

又再次躺在地上了，我心中感到一股深深的無力感，我……果然很弱，就算我有多麼想保護月兒，卻不懂怎樣去用魔法戰鬥，可好不容易再次活過來的我，怎能就這樣讓月兒死去？

不！我不要就這樣躺下！

意念一動，我立刻看到胸口發著出橙紅色的光芒，同時感到心臟有股澎湃的力量升起，開始湧到我的全身，讓我有足以爬起來的力量。

然而當我再次站起來時，一個嬌小的身影卻快速地擋在我的面前——

「不准傷害冬司！」

……月兒？到底何時開始說話這麼流利啊？

我多想摸摸她的頭，抱抱她。

「那，妳就比冬司先走一步吧！」

不知何時，流馬已經搶到了月兒的面前，一拳打了她的側腹！

爆炸瞬間擊飛了月兒！

她倒在地上，那可愛的白色連身洋裝，也因為爆炸而被打穿了一個洞。

「月兒！」

這不會是真的……絕對……不可能是真的！先是爸爸和媽媽……現在輪到月兒離開我了嗎？

「……可惡！」

右腳用力一踏，我衝到流馬面前，冒著火焰的手全力揮向他的頭。

「……呃！」流馬被我打中而倒在地上。

我並沒有放過這次的機會，騎上他的腹部不讓他有起身，雙手掐緊他的脖子！

「你打月兒的那一拳有多痛，我也要你嚐嚐！」我放聲怒吼，雙手熾熱。

但還不夠！這不是我想要的熱量！

我還要更熱，熱得我全身也感覺不到，就像在那個夢裡。

「反正你不相信我吧……」為什麼我還要留手？

我更用力地掐著流馬，用力得手指都麻了，但我沒有收力，頃刻間，眼前的流馬的全身開始在燃燒，火焰下的面容異常的扭曲，本來的面貌也不復見了。

……這就是……原本的你。

被火焰包裹著的手緊握著我，聲音卻是沙啞而陌生。

「……你是誰？」我腦中一片混亂，為什麼流馬的聲音會變成別人的聲音？

……來吧！把利莉殺掉吧。

它的聲音連同嘲笑在我腦中迴響著……流馬會說這種話嗎？他會叫別人殺掉自己的愛貓嗎？

「……你到底是誰？」很痛……我的頭很痛，冷不防手臂也傳來一陣刺痛，令我不禁鬆開雙手。

「……呃！」我還不搞懂發生什麼事，就被重擊擊飛。

「冬司，對不起！但我要保護我的流馬主人！喵——」

熟悉的聲音在的我耳邊迴響著，但我竟然想不起是誰……眼前的影像也開始化成一團火焰！

火焰接著凝聚變成人型，火人突然向我一抓！

我雙手下意識一擋，還是慢了一步被掃中，但是，不痛。

「……去死吧！」抓著那個火人的雙手，轉身扔出去，然後，我抓著躺在地上火人的脖子，正想一拳砸過去時，火人又抓住我的手——

火人的嘴巴蠕動著似乎在訴說些什麼，我下意識地停下了動作。

……冬司，這才是真正的你！

……下手把利莉殺掉，把剩下的「她們」都殺掉，實現你的願望吧？

同樣的聲音再次在腦海中響起。

……可惡……我到底在做什麼？

……我眼前的人，又是誰啊？

我的腦中一片混沌，然後，我感到自己被人從後抱住……纖細而白皙的手抱著我，很溫暖……溫暖得我的心軟化下來。

我回過神來，火人不見了。

我抓著脖子，想用充滿火焰的拳頭砸過去的人，是利莉，我竟然傷害了利莉……

「不要……」白皙的手抱我的力度更緊，「不要……冬司……」

這是……月兒的聲音。

我的左手一顫，鬆開了手。

「冬……司……喵？」利莉的聲音，在我的腦中迴響著。

我剛剛明明就……我到底在幹什麼啊！剛剛那個的人又是誰……

月兒鬆開手，走到我身邊扶起了利莉。

「流、流馬！」利莉立即跑向倒在我身後不遠處的流馬，扶起他的身子。

她哀聲呼喚，但是流馬卻沒有回應她。

……我……殺了人嗎？在這個遊戲之中……我殺了流馬？不可能！

「流馬……！你不可能會死的！」我回過神來，從利莉手中抱過流馬。

他依舊沒有回應我，脖子上有著我的指痕——燒焦的指痕，而且很深。

「不會的……你不會死的！」我把手伸到他的手腕上，感到還有很微弱的脈搏。

「冬司……」月兒喚著我，向我點了頭，然後，向流馬的脖子上伸出了雙手。

霎時，白色的光芒從流馬的脖子上亮起，沒多久，流馬脖子上的傷口漸漸消失，陷下去的指痕也回復成原狀。

「……咳、咳！」流馬咳了幾下，慢慢睜開眼睛。

「流馬……喵！」利莉激動地抱住了他。

他先是望著利莉，然後盯著我看。

「對不起，剛剛的說話和做的事……」

「不！我也明白你的心情……」我豁然一笑。

「總之……對不起！俺應該更相信你才對……」流馬消沉地低著頭。

「你也應該跟利莉道歉吧？」我拍了拍他的肩膀。

「……咦？」

「不！我沒關係的喵。」利莉低頭，溫柔地望著流馬的臉龐，「因為，我的命是流馬撿回來的喵，就算為他而死我也沒關係喵。」

「不！」我正色看著利莉，「流馬是非常重視妳的。所以，不要再說為他而死這種傻話了……」

「冬司……有些事你是不會懂的喵。」利莉望著自己膝上的流馬說道。

「……好吧，該回去了。」流馬掙扎著起身。

「對喔，現在都很晚了喵。」利莉扶抱著他。

我向流馬伸出手。

而他也緊握著我的手，說；「冬司，這一戰，就留到最後吧。」

「……嗯。」

「可不要死掉喔！你和蛋白。」

「……我知道了啦。」我漫然揮了揮手。

老實說，剛剛的我根本不想回答他的說話。

「俺說喔……冬司，剛剛你也被俺打成這樣子，已經沒事了嗎？」流馬用力拉著我的手，整個人站了起來。

利莉也跟著站了起來。

「沒事了，剛被月兒抱著時，我感到身上的痛楚都消失了。」我說著，伸展了一下四肢。

我記得胸口好像被抓了一下，不過，現在只有衣服被抓爛……大概是月兒在抱著我的時候，也間接為我治療了吧。因為有那種溫暖的感覺。

「月兒？」流馬歪著頭問道。

「不，沒什麼啦……」我回望身後的月兒。

她正向利莉的脖子伸出手，沒多久，利莉的脖子上的傷口都消失了。

看來，她的魔法是治癒呀……

「那個……蛋白喵？」

「利莉……朋友。」治療好利莉的傷口後，月兒雙手牽住她的手說道。

利莉呆望了月兒一陣子，然後開始哭起來。

「嗯！」利莉回應了月兒。

看到這個情況，如果可以的話，我真希望剛剛流馬口中說的那一戰，永遠都不要到來。

「那個……你們先走吧！」流馬背對著我，揮揮手，「反正回家的方向也不同。」利莉擦了擦眼淚，微笑跟月兒道別。

「明天見了。」我拉著月兒的手離開，隱約地，卻聽到身後傳來流馬的哭泣聲。

比起以前在電話中聽過的快要哭出來的訴苦，我還是第一次真的「看到」流馬哭泣，比以前還要更有實感……

但，我並沒有回頭望他。

「卡娥絲。」

「是的，主人，『魔法生物』之間的戰鬥已經結束了。」

公園半空，擁有如蝙蝠般巨大翅膀的少女俯瞰著剛剛的情景。

光是擁有翅膀、會飛已經是匪夷所思的事了，而她所擁有巨大的翅膀又與嬌小的身形極不合襯，如果展露給別人看的話，鐵定會造成恐慌。

「那麼，有任何傷亡嗎？」

「沒有！即使受了傷，那個叫蛋白的也把其他人治癒了。」

「『治癒』……嗎？這就太好了……」

「但戰鬥的規模，卻比想像中還要小……」

「別這樣說了，畢竟我真的不太想有任何傷亡，也幸好『她們』還未覺醒，否則不止有人犧牲那麼簡單……」

「沒想到，夏洛克的遊戲如同『母親』說的一樣進行著……雖然『母親』只是叫我觀察事態發展，再等祂決定，不過，就如同計劃一樣進行下去吧！」

「計劃……」

「難道……妳忘了嗎？」

「不，沒有。」

「也許在那一夜，夏洛克他真的瘋了吧！因為那一夜，真的改變了他的觀念，就算我不是夏洛克，我也真的不能原諒那個人！」

「蛋白真的跟『她』很像，所以我想，夏洛克真的跟我一樣還愛著『她』吧……」

「卡娥絲，妳在說……蛋白嗎？」

「嗯。」

「的確第一次看到她，就有種很懷念的感覺，沒想到，夏洛克真的連別的世界都能影響……算了，再說也解決不了什麼，總之介入他們的日常，阻止那個悲劇的再次上演，就算只是要我觀察著，這是我唯一想做的事。」

「我知道了！因為我也不想再看到『她們』死去……」

「卡娥絲……即使這句話聽到妳感到煩厭也好——總之任何時候，我一定會站在妳的身邊的。」

少女拍動了下翅膀，消失在月光之下。

ch5 魔法使遊戲

在那晚之後，我和流馬幾乎都沒有好好說過話，就算每天回到學校見面，我們的關係好像有點微妙……該怎麼說呢？

總之就是一句起、兩句止，就連家政課之類的特別課堂我們都沒有好好對話過。

但是，利莉跟月兒卻不同了。

她們在那晚之後……應該說是由星期一見面時，利莉當然見到她就突然抱著她，月兒也靜靜地在她的懷中跟她說個早安，然後就平凡地過著日子。

兔子與小貓……這樣子也不錯呀！

光是她們沒有敵對意識，真的就很令人感到欣慰了。

只不過這樣子的生活，會持續到哪時？

更多的「她們」，又何時會找上我們？

我沒有答案。

而一切的轉變，卻由星期三這日開始。

這日我如常回到學校。

就打開鞋櫃換上室內鞋時，我又在鞋櫃裡撿到一封粉紅色的信。

「……什麼？又是信？這種梗又要多玩一次嗎？」我用力把鞋櫃，甩上眼、深呼吸後又打開鞋櫃。

當然，信仍然在。

「冬、冬司！」月兒跑到我的身旁，連忙向我遞出同樣的信封。

我示意叫她一起當場拆封，這麼大張的紙上卻只寫著同一句說話：放學後，可以在學校天台上見面嗎？

……很震撼！這是我第一個感想。

因為這兩封信都是用鉛筆寫的，但字跡卻美得讓人以為是電腦列印出來的！這種字跡，漂亮得令人有點窒息的感覺……

第二個感想是，該不會這又是流馬的把戲吧？

不過與其考慮這個可能性，我應該先問他或利莉有可能寫得出這手字嗎？

雖然，這字跡的確令人感到有點熟悉。

我走回教室自己的座位。

出乎意料，有兩天都沒有好好說過話的流馬主動走到我的座位附近。

「那個，冬司。你也有收到這封信嗎？」他遲疑地說著，向我遞出了一封信。

信封的款式跟我剛收到的一模一樣。

「我也有收到這個喵，還以為是蛋白寫給我們的說……」利莉也走了過來，跟著遞出了信。

「呃——我剛開始還以為是流馬寫的。」

「俺？俺不會再幹那種事了。」

「……因為是要留到最後的那一戰嗎？」

「如果到了一個迫不得已的時候。」

我沉默地望著流馬。

他別過了頭，繼續看著這個信封。

我聽到少許衣服摩擦的聲音，月兒嗚叫了一聲。

我抬頭看過去，就是利莉抱緊了她的畫面。

看到這個情況，我的心不禁再次揪住了，忍不住想問流馬，為什麼你直到現在可以這樣去想？

雖然，我也有自己想實現的願望，但想到要靠她們的生命來換取……這樣得回來的願望，實在太殘酷了。

我腦中一片混亂。

直到某個聲音切入，把我拉回到現實！

「原來，你們也收到這封信嗎？」世音說著，從自己的書包裡拿出同樣的粉紅色信封。

我還以為這封信只有「我們」才會收到嗎？

為什麼連世音也會收到這封信呢？

我大感驚愕。

「真是的！」世音看看我，又看看流馬，「內容一樣而且連落款人都沒有，你們知道是誰寫的嗎？」

「不知道。」我說。

「不知道。」流馬望著這信封良久，也跟著吐出這句話。

「那，放學後上去天台看看情況吧？」世音向來是不拖泥帶水的態度，乾脆提議。

而當我們全體一致做出決定後，上課鈴聲也跟著響起了。

時間是放學後，我和月兒照慣例先在兔屋裡待了一陣子，再上去學校天台去。

在兔屋裡，她依舊跪坐進去，而黑色兔子則跳上她膝蓋上，任由她撫摸。

我就繼續稍為清掃一下。

我總搞不懂為什麼只有這隻黑色兔子很黏著月兒，而我逗牠時就豎直了耳朵，擺出一副像是討厭我的樣子……

「……冬司。」

「是？」

「這裡……可以在午休時來的嗎？」

「可以啊……妳以前沒有印象嗎？」我有些意外地反問。

月兒搖著頭。

也對……我心想，還是兔子時的她，又怎會知道時間流逝呢？

就這樣又過了一陣子之後，月兒放下了那隻兔子就跟牠說了聲明天見。

我關上了門，與她一前一後走上天台。

一打開天台的門，就看到流馬他們正圍著一名蹺著腿坐在柵欄上的少女。

因為夕陽的映照下，我看不清楚她的容貌。

但是看著她那隨著微風飄逸的金髮，和頭上那對小小彎曲角裝飾，令我反射性地想起一個人——卡娥絲。

那個本校的「文科之寶」。

「太慢了！」她向我呼喝了一聲。

當我還想提醒一下這樣很危險的之類的話時，嬌小的身子輕盈地從兩人高的柵欄跳下來！我甚至連著地的腳步聲也聽不到。

到底她是如何做到的？

「居然要我等你這麼久！」

「啥？」我歪著頭望著她。

老實說我搞不懂眼前的情況。

文科之寶為什麼會出現在這裡？

這件事令我一頭霧水。

「那封信……是妳寫的嗎？」

「嗯！是我寫的沒錯。」

「我還以為會是惡作劇的信。」我無奈地搖搖頭，「如果不是流馬和世音也收到的話，我根本不會來的吧。」

「俺比較想知道為什麼妳會找上俺們？」流馬直接了當地開口。

整個場面一下子都沉默了。

卡娥絲橫了我們一眼，就叉著腰、伸起指頭說：「先不說這個，我們就先成立一個社團吧——」

「俺沒興趣。」截斷她的話，流馬直接一桶冷水潑下。

世音也附和著他。

「但、但是……我還未說完耶！」卡娥絲顯然有些亂了套，連忙說道：「我會安排一個很好的位置給你們啊！我的僕人怎麼樣呢……嗚哇！為什麼妳要打我！」

就在她講到「僕人」兩個字時，世音走過去狠狠一個手刀砸下去了，「平時看妳很酷、很難接近，沒想到實際上卻是這麼糟糕的樣子。」

「沒有朋友也不至於這樣子吧？」流馬頗有點同情地說道：「想做朋友，可以用很多的途徑啊……」

「我、我才不是想跟你們做朋友，才在這裡跟你們說成立社團咧！」

「所以，妳這個人真的很討厭！妳以為自己是誰啊？真的受不了！」世音額頭隱約看見了青筋，大力地亂揉著卡娥絲的頭髮，「好啦！現在妳的真面目終於被我們發現了。」

能夠讓世音動粗，我相信除了流馬之外，卡娥絲是第一個了。

說真的，換做是我的話當然也會生氣。

但現在，我只是無奈地看著眼前所發生的事。

「……嗚！所以，我也發現世音同學的真正面目啦！」卡娥絲不滿地反駁。

「對了，因為之前的曠職，我現在差點快要被炒了呢！根本沒有時間跟天才玩僕人遊戲……啊！利莉，妳之前說也要去打工試試看吧？」

流馬扛起背包，招呼了利莉便打算直接閃人。

「是！而且，我的主人只有流馬很足夠了喵。」

面對卡娥絲這個人先後如此大的落差，我只好一笑置之，跟著流馬打算轉頭走人。然而月兒只是靜靜地搖頭，望向卡娥絲。

「……月兒？」我頭也不回地喊她。

就在這時，一陣強風自我們身後猛吹了過來。

我反射性地舉起雙手護胸、壓低身子。

下一秒，彷彿漫長無盡的強風吹完，我轉過頭——

「我還未說完耶——操同使！」卡娥絲幽幽說道。

她的背後長出了一對令人難以置信的翅膀，眼神，也比剛剛的還要更尖銳！

「妳是誰？」我萬萬都沒想到卡娥斯居然會知道那個字眼，那就是說，下一個對手就是她嗎？

「這就是……妳的真面目嗎？」流馬雙手上冒起了黑色的火焰，像是準備進入戰鬥的狀態中。

「哼！我才不要跟龍族的複製品戰鬥咧。」卡娥斯的翅膀漸漸摺起並縮小，雙手抱胸，看起來沒有要戰鬥的意思。

「龍族的……複製品？這是怎麼回事？」我問。

「咦？難道你們都不知道嗎？」卡娥絲用驚訝的眼神望著我，「不要緊，很快你們就知道答案了，不過在這個之前——我們先成立一個祕密社團吧！」

卡娥絲重申，兩眼熠熠地望著我們，然後，不忘給世音一個特別待遇——成為她的專屬女僕！

世音當下暴走，稍為修理卡娥絲一頓之後二話不說就拉著我們離開了。

由於忍受不住卡娥絲的怪異性格，於是，天台上的這場會談無疾而終。

有關卡娥絲的身分以及目的，最後仍是一頭霧水。

「那個……冬司，對不起。」世音突然向我道歉。

「咦？道歉什麼？」

「剛剛卡娥絲好像可能會說些什麼對你們很重要的事，但是我卻拉著你們走……」猛一掌壓扁手上鋁箔包的動作帶著幾分的暴力，讓我相信，世音的心情到現在還沒平復。

「不，我也了解妳的心情啦，無故被人叫做僕人，我也有點無奈和有點惱的。」我撓了撓鼻心說道。

「她說的社團……你覺得怎樣？」流馬突然問我，

「值得考慮、考慮，畢竟卡娥絲的確有著翅膀，我們也想知道更多事加入……」我苦笑著回應。

雖然不清楚那個社團搞什麼，且她的性格實在頗很惡劣而讓人有點卻步，不過可以肯定，就算拒絕她也不會罷休就是了。

第二日的午飯時間，卡娥絲又主動過來我的座位。

「用那樣的態度對待你們，是我的錯，我昨天已經深深反省了。」她雙手抱胸站在我的面前，實在感受不到半點歉意，但說話的語氣確實比昨日好了很多……算了，這些事不管了。

「喔、嗯。」我胡混地回應她。

「所以，我想先問你昨天你考慮如何呢？」

「什麼考慮如何？」

「成立社團的那件事。」

「那個……社團其實是做什麼？為什麼妳不停嚷著要我們加入？」我有點不耐煩地問道。

「你真的不想知道你們更多的事嗎？」卡娥絲反問。

我不禁睜大起雙眼，對於這方面我確實很想知道得更多……自從那一晚之後，那老頭再也沒有出現在我的夢中，大概，連流馬也是吧。

「看你這樣子，你應該想知道吧？」

「嗯！」我立即點頭。

「那麼，就跟我來吧！這裡不方便談話。」卡娥絲轉身走出教室。

我也從後跟上，而月兒自然是跟在我身後。

經過流馬的位置時，我感到有人輕輕拍了我的肩膀，自然停下了腳步。

「卡娥絲找你嗎？」流馬不知何時站在我的身後。

「嗯。」

「俺也要去！利莉，妳也跟上來吧。」

「走吧！」我率先打開教室的門。

卡娥絲雙手抱胸，正一臉不耐煩地等著我。

但當她看到流馬和利莉時，就挑起了眼眉，一副好像一切都是意料中的樣子。

「也請等等我——」最後走出來的是世音。

「好吧，人齊的話就跟我來吧！」

位於學校一樓的校務處旁邊，有三個會客室，卡娥絲帶我們進入第三會客室後，便一屁股坐到房間中間的沙發上。

房間內，左、右各擺放著一張沙發，之間有一張茶几分開。最右手邊有個空置的書櫃，而且在書櫃旁邊莫名其妙有著一個電話線插口，但整個房間，一部電腦和電話也沒有。

「這裡就是社團部室，是得到了校長的許可喔！」卡娥絲頗有些得意地說道。

平常學生都用不到的會客室，沒想到她還從校長身上拿到了使用權，看來，「文科之寶」在這間學校的地位看起來很高。
我就坐在卡娥絲的正對面，月兒也跟著坐在我旁邊。
但流馬、利莉和世音好像沒有坐下來的意思。
「那麼，你們考慮清楚加入我的社團了囉？」
「說那些之前，請妳說一下要俺們加入的理由好嗎？」流馬說。
「不，至少要說妳到底知道多少我們的事？」我補上了句。
「你們不要那麼心急啦！」視線掃過我們一下，卡娥絲嘆了口氣說：「不過我先說一下，我知道得並不是很多……」
「妳這傢伙……」
「流馬，冷靜點吧……」我伸出手接著流馬的肩膀。
「……『魔法使的遊戲』。」
肯定地說了這個「名詞」後，卡娥絲深吸了口氣才再開了口：「也許，這一切都只是那個叫夏洛克的人的復仇劇……他曾經是在整個學界之中有著舉足輕重的地位，也是能夠統領一班魔法師的研究團隊的團長。」
「我只知道他是個一頭白髮，擁有很長白鬍鬚的老頭而已。」我皺著眉回想：「在夢境裡，我被他制壓過幾次，好像很強的樣子……」
「咦？不是穿得很性感的大姊姊嗎？」流馬有些訝異地反問。
這不是我第一次聽到他這樣說，也不覺得太驚訝，至於卡娥絲的反應，不約而同驚訝了一下。

「那個人……真的自稱自己是夏洛克嗎？」

「嗯。」流馬說。

「嘛……就先不管外貌方面的事吧！」卡娥絲咬著唇，表情顯然有些困惑，「反正，會做這種事的只有他一個人。」

「妳肯定？」流馬反問。

「使用人型化的魔法，並不是普通魔法使能做到的事。這本來是我們龍族的專利，而我就是唯一一個活生生的例子。」卡娥絲說得十分篤定。

「那為什麼那個叫夏洛克的人會做到？」流馬又一次反問。

「嗯……」卡娥絲遲疑了下，便解釋：「因為我參與研究過這類型的魔法，然後也成功過，但那只是不完全的人而已……」

「……不完全的人？」我不由望向月兒。

「雖然的確擁有和龍族一樣超群的記憶力，但她們都沒有太強烈的自我意識。」卡娥絲說道。

「我不太懂……」我搖搖頭。

「在我們世界的知識之中，只有會獨自思考、反省的生物，被稱為有強烈自我意識，又或者是有靈性的生物，沒有的話則是相反。」

「那麼如果本身沒有強烈自我，而被有強烈自我意識的生物支配、馴養甚至訓練，就是「傀儡」囉？」我說。

「沒想到冬司也有聰明的一面喔！值得本小姐的稱讚！」卡娥絲拍著手笑著說。

「我比較習慣讓妳看不順眼，連稱讚也不想要。」我低喃著吐槽。

「自從人型化魔法，由夏洛克和他們的團隊合作研究成功後，我們龍族都在沒造成什麼事件之前放任對待，看著我們友好、鄰居的人類的進步，其實我們都感到許多的欣慰，直到那個人的出現的一刻……」

氣氛好像突然改變了。

卡娥絲用力地壓著自己的裙襬，一字一句說道：「那個人藉著一起研究為由，卻把明明不是戰爭用的「她們」當成兵器！這件事之後，貴為這項魔法的專利人的我們，當然看不過眼，把那個組織連同所有相關的人全部殲滅，之後更明文禁止了人類使用。

但是沒想到他還使用這種魔法……」

「其實你們就算了，但，魔法生物跟超強記憶力有著什麼關係？」我說。

「笨蛋！」卡娥斯腳一跺，說：「我們龍族貴為使用魔法的始祖，為了學習任何古老、複雜及變化多端的魔法，腦袋都進化成擁有超強記憶力去記憶一切。

元素、魔法之間的咒文，魔力的組成、變換、召喚及其他數之不盡的竅門……因為要學習得太多，我們的記憶力需求就要更多，但是換來的，數字間的運算就變得疲弱得很。

當然有一些是例外，他們厲害得連天氣、他人的命運也可以操控，但那只是極少數，而且，很多都因為壽命到達盡頭而壽終正寢了。至今在生的只有母親——龍之母是個例子。」

略頓了下，卡娥絲又說：「就因為魔法生物是以我們龍族為原型，所以，擁有超強的記憶力是理所當然的。但因為被那個人用於那方面搞出極大事件，令我們非常反感並完全封印了這種魔法，杜絕以後再次發生同類的事件。儘管，我們明明就活於同一個世界。」

卡娥絲開始在手心上形成小龍捲，然後空氣漸漸凝結成結晶，再化成菱形的外形，飄逸著的白氣令空間變得更為寒冷，接著很快地，冰溶化成水更冒出白煙，煙轉化成一層薄薄的紅焰，然後產生了小小的爆炸聲！

而後火焰不復再，只見白銀色的閃光不時在卡娥絲的手上閃出。

這應該是電流沒錯吧……我望向流馬的方向。

剛巧他今日校服下面穿著黑色的T恤，所以不太顯眼，不過他胸口上，正隱約發著暗紫色的光芒，大概又打算學習並模仿別人的魔法了吧？

這種同步能力未免太方便了……

「幸好，我們並不是個個都會計算，如果也會這方面的話，大概連我們世界新興領域的物理定律以及科學發展，都有著不堪設想的後果，包括以前魔法生物的恐怖襲擊也是……」

卡娥絲說道，神色好像有點餘悸，雙手也緊握成慘白，而且，頭都垂了下來避開我們的視線。

「那麼……明白那種超人般的記憶力之後，問題又點到原點——復仇劇了吧。」流馬抓著頭說道。

「關於那些事其實我還未說完……而且，我也很好奇為什麼蛋白和利莉會有這麼強烈的自我意識？」

「我還是貓的時候，出奇地明白流馬的話語喵……」利莉舉著手，說了句很出人意表的話。

月兒則是緊緊地抱著我的右手。

「看來妳們在動物形態時，已經擁有了自我意識，雖然不是不能解釋……」卡娥絲皺著眉沉吟道。

「那麼這到底是怎麼一回事？」我忍不住追問。

「假如，主人對待那隻動物很好的話，就會令動物有了一種想成為人的想法，然後也開始漸漸明白人類的話語，甚至真的擁有屬於自己的意識，但這並不能足以化成人。

當然這只是我的假想。因為這方面的資訊，這個世界類似的事實在太多了，甚至連動物和動物之間的互相拯救，類似同情心以及愛也是。」

「我記得有一日，有個很老的人坐在陽台上，問我想不想成為人類這個問題喵。」利莉又出人意表地說道。

「可以說更多嗎？」卡娥絲聽見之後不禁睜大雙眼，甚至衝到利莉的面前，抓著她的肩膀激動地搖著。

「嗚、嗚喵……但之後我什麼都不知道了喵呼……」

激動地搖著利莉的雙手瞬間靜止下來，卡娥絲垂頭喪氣地坐回剛剛的位置上。

「卡娥絲？」

「嘛……這已經算是聽過的很好的事件了！」略過我探究的目光，她金眸一挑，任性地強調：「不過，我可不會向利莉妳道謝哦！」

「咦……喵？」利莉歪著頭，望著卡娥絲。

「我知道的都已經說了，你們滿意吧？」卡娥絲雙手抱胸掃視著我們，「快加入我的社團吧！」

「俺才沒有這種興致加入這種不知道幹什麼的社團！」流馬十分不客氣地批判：「連顧問老師的影子也沒有，未免太可疑了。」

「有顧問老師你就可以加入社團了吧？這是校長要我這樣做的！」

「妳說什麼？」我立即盯住她。

校長和這位龍族小姐到底有什麼關係？

「嗚！既然都說出來了我就說下去吧！沒錯，我的主人就是校長，也是在那個世界獲得我『母親』認可的的魔法師。

我們來的目的是為了令你們團結起來，去阻止這場無謂的復仇劇！因為，已經有一個人死亡和一個人失蹤了……嗚哇！」

「妳指的是我的爸爸和媽媽嗎？快告訴我！」

意識到的同時，我已經站到卡娥絲面前緊緊抓住她的肩膀。

「嗚……我怎會知道喔！我真的到這裡就什麼也不知道了啦！我們是因為不想再有生命犧牲，才想成立社團先讓你們停止戰鬥而已……」

「少騙人了！妳明明就說了這些話……」我惡狠狠地瞪著她。

「……我說的都是真話啦！」卡娥絲大叫了一聲之後，便淚眼汪汪望著我，「就算只是聽維爾跟我說過，那天看到情況後我也很想阻止這種遊戲！」

我不禁低下頭起來，只覺得雙手很麻，眼前的一切也變得很麻木……我爸爸的死、我媽媽失蹤，難道是跟夏洛克有關係嗎？不可能的……

「……爸爸、媽媽，你們是……這場遊戲的犧牲者嗎？為什麼？為什麼會這樣？這不會是事實……有人可以告訴我這不是事實啊……」

這刻我放任了自己，讓自己的眼淚潰堤而出。

到底，我有多久未試過這樣哭一場了？

「冬司，先冷靜點吧……」流馬拉開我，把我拖回沙發上。

「……冬司……」

我好像聽見了月兒的聲音，然後感到自己被溫暖的感覺給包覆，就像是被擁抱的樣子，但這只是感受到肉體接觸的溫暖，我的心仍然是很冷……

「冬司……冷靜點吧。」

「對不起！我不應該多言才對……」

「我想自己一個靜一靜。」離開了月兔的懷中，我頭也不回地離開房間。

……到底發生了什麼事？

為什麼爸爸和媽媽會死去和失蹤？為什麼？為什麼會是我？為什麼會有這場遊戲？到底，怎麼回事？

「爸爸、媽媽……為什麼你們會離開我？」

天台的門發出被打開的聲音，我想肯定又會是世音和月兒她們，可我真的什麼人都不想見，我只想知道這一切到底是怎麼回事？

「冬司同學。」

突如其來，頗為陌生的男聲傳進耳中。

抱膝縮成一團的我仰頭望去，校長，就站在我面前。

印象中，校長這個人，平時就很少在學生面前露臉，只有早會和週會時才會看到他的身影。

人的外貌，總會因為壓力而會變得年老一點，可根據我翻閱過校刊時看到的照片，眼前這人從六年前的上任直到現在，他的樣子就像當時一樣沒有變過，也沒有壓力而造成的白頭髮。

明明是高居校長這個職位應該有點年紀了，但這個人，卻意外地還像二十多歲般年輕……

「……校長午安。」就算不想打招呼，我仍然忍受著複雜的心情站了起來。

為什麼校長會找我？

我印象中沒做過壞事，也沒有做出對學校名聲提昇的好事。

「你在哭嗎？」他從口袋中拿出紙巾遞給我。

我接下後，擦乾濕潤的雙眼。

「發生過什麼事嗎？」他問。

「沒有。」我說。

說沒有是騙人的，可就算要講我也根本不知道怎樣去描述。

「是嗎？那麼我就開門見山問了，你哭泣是因為聽了卡娥絲說的事吧？」

「……你為什麼會知道？」

「在我回答你之前，你答應我要留心聽我接著要講的事，好嗎？」

「……我答應你。」

「好，那我們不如先到那邊的坐下來吧。」

我回應他之後，和他就走到設置在天台的桌子旁。

見我緊緊地盯著他看，他失笑搖頭，「不用那麼緊張啦！我不是那種馬上進入主題的人，放鬆就好。」

經他這麼一說，我才發現到自己的臉有多麼的緊繃……我做了一下深呼吸，強迫自己緩和情緒。

「首先，我想因為卡娥絲的事而向你道歉。」校長說著，起身向我鞠躬道歉。

我感到有點不知所措，支吾以對。

「我想，卡娥絲對你們說的資訊有點不太清晰吧。」他重新坐了下來，說道：「那孩子由以前開始就總是這樣，不坦率，大概是她的缺點吧。」

「所以，你們是什麼關係？」

「啊——我忘了自我介紹。」校長笑了笑，「我的真名是維爾，現在你們看到的，都是這個世界用的假名。卡娥絲那孩子，應該也透露過我是什麼樣的人吧？」

我差點就忘記了，卡娥絲自稱自己是「校長的僕人」。

「雖然不知道什麼意思，但你是得到『母親』的認同的魔法師這種事，實在太過超現實吧……」我實話實說。

「也許，在這個世界之中龍和魔法都是不可思議，難以相信的存在，就像我當初來到這個世界時，感到一切都很不可思議的心情一樣。其實，這個世界的科幻故事中的『平行世界』概念，是真實存在的。世界的另一邊，也有著另一個平行世界，每個平行世界都有著自己的世界觀及時間之河。

不過，這都是當初由我們不同的選擇和分歧之中，所產生出來的平行世界而已。」

「我們？之後的話我不太懂……」

「我們即是人類的意思喔……這樣聽上去比較有親切感嘛！例如，若這個世界當初研究和發展的是魔法而不是科學，那這個世界就會跟我那邊的世界一樣，會是個充滿魔法、騎士和劍的世界。

雖然，在我們的世界也有『世界觀念』這種領域，但還只是假設階段。」

「……可以先讓我整理一下好嗎？什麼叫『母親』？」

「『母親』就是統領龍族的存在，如果要理解的話，就像這個世界的『神』……先說回正題吧！就先說卡娥絲那孩子，雖然，她身為比我們人類更為強悍的龍族，但我非常擔心她……」

校長用著擔心的語氣說道，而且也打住了一下，大概是讓我有時間思考吧。

「為什麼？」我整理一下思緒，接著問道。

卡娥絲真正最令人擔心也令人頭疼的地方，其實，應該只有她的個性是多麼的糟糕吧！

「因為我的實力得到了『母親』的認可，成為了第一個擁有『喚龍』稱號的魔法師的原故，卡娥絲從出生的那一刻開始，就一直跟在我左右。縱使已經過了十六年的時間，曾經算是有個稱得上為朋友的人死去之後，就一直待在我的身邊，到現在連一個朋友和同伴也沒有。

就因為她一早就意識到自己是『非人之物』這個原故，她從小就在『是人，卻不是人』這種矛盾中成長著，不太敢與人類接觸，除了同樣身為『非人之物』的那個朋友之外……

縱使再擁有超強記憶力，學習更多事、閱讀更多書，知道曾經自己接觸過什麼人，她就這樣滿足著自己在我身邊成長著，書本和學習及那個朋友的死去的陰影，就是她的童年。

縱使平常總是擺著沒什麼樣的樣子，我也看得出有時她的眼神是多麼的寂寞，她介懷著過去的事……」

「乾脆……不就用龍型的姿態誕生不就好了嗎？」我忍不住說道。

「不是這樣的。我們的世界之中，人類和龍族是知道雙方的存在，卻沒有看見過對方的關係，我們只是受到牠們的力量所賜才有今天的我們龍族的存在，大概跟這個世界的宗教神說的意思是一樣的吧！分別只在於我們知道祂們的實在存在而已。

唯一見過的應該只有我一個吧？為了不讓旅途中的我對人們造成恐慌或引發什麼事件，她只好這樣子去誕生甚至來到這個世界，一切就像都在『母親』計算中，甚至，也有連我都不知道的情況。」

「原來她這個樣子，是因為有這種的過去啊……」原來，我誤會了她了。

「嗯，『魔法生物』這個物種的誕生及研究成功，對卡娥絲有很大的影響，甚至連這個世界也都被牽連在內。

不過不說這個世界，其實背後有一件事，才是令龍族憤怒到甚至把研究團隊們都被抹殺掉的真正原因。」

「……抹殺？」

維爾乾咳了一下，繼續說：「萬物之間原本都有屬於自己的知性，但並不代表也擁有自己的靈性，樹木花草就是個例子。就像這個世界有個實驗是對植物使用測謊機，結果有了反應一樣。

在我們的世界中，原本再有靈性的生物都被我們馴養，甚至催眠得失去了自己的靈性，傀儡性格就是『魔法生物』最失敗的地方。但是因為『她』，這種『動物的性格就像傀儡』的理論開始被推翻。」

「她？」

「夏娃，十一年前第一個從卡娥絲身上研究出來的『魔法生物』，她第一個也是最後一個朋友。」

深吸了口氣，維爾繼續說道：「那時的夏洛克並沒有現在那麼瘋狂，如果不是那件事的出現，他也跟我一樣擁有『喚龍』的稱號，擁有龍作同伴，『使魔』也可能會流行起來。因為夏娃和卡娥絲的友好相處，龍族才會睜隻眼、閉隻眼的態度看待這件事。

在夏洛克的寵愛之下，加上和卡娥絲的相處，夏娃漸漸找回自己的靈性。那時，堪稱是我們四個和整個團隊最快樂的時光，也是這項研究最光輝的時候。

這項研究的目的不只是人型化，還希望在動物時，透過愛去令牠們重拾自己的靈性，或透過注入魔法改變身體不再以寵物形式存在，而是用『使魔』的形式互助共勉，同時，也破解了『天下皆無靈』這句說話。」

我安靜地聽著，等待維爾接露過去的隱祕。

「但是好景不常，一切都是由一個人破壞了這種關係和時光和研究。」

微瞇著眼，維爾娓娓說道：「曾經，那個人是我最重要的人，也是教導我成才的老師。在我們只有總人口的百分之一都不到的魔法師中，能被皇帝封為『宮廷賢眾』，平起平坐者少之又少，但那個人的思想卻是那麼單純……

這是夏娃死後，那個人和『魔法生物』強襲帝國政府之後我們才知道的事……真的很突然，她殺死了夏娃和跟那個人襲擊皇都，都只是一日之內發生的事。

莉莉絲，就是那個人的『魔法生物』的名字。她是第一個靈性未完全拾回，就被我和卡娥絲抹殺掉的『魔法生物』。但那個人卻成功逃離。」

維爾回憶著當時那一段腥風血雨，魔法生物是以龍族的卡娥絲為藍本而研究出來的產物，算是龍族衍生物種，但她們卻突然開始自相殘殺。

龍族因為這件事而大怒起來，無法再假裝不知道，睜隻眼、閉隻眼去看待這件事，於是，就在那一晚，政府被襲擊之後的數個小時，整個研究團隊連同研究資料都被龍族殲滅掉。

同時，龍族也下令這種魔法永久在人類界禁用。

「身為『喚龍』的我勉強避過了一劫。」

那時，維爾保護了夏洛克，瞞著龍族們，帶他逃到一個人跡罕至的地方。

那是他最後一次跟夏洛克見面。

他的表情，維爾永遠也記得，那像是一種失落也是一種憤怒，像是要向一切復仇，但自己根本無能為力的失落表情……

因為，他要面對的是強大的龍族們以及下落不明的那個人。

「我會復仇！」

夏洛克說完這句話之後，就消失在維爾眼前。

那時，維爾才真的知道他對夏娃的愛是有多深，對研究團隊的人的重視有多深。這種深刻的執念，讓他就算知道復仇成功的機會有多渺茫，他仍然執著去做。

「夏洛克……」我呢喃著他的名字，心中的怒火不禁燃了起來，「就算是復仇，也沒可能從我的家人下手啊！」

「我聽『母親』說過，在我跟夏洛克祕密分別之後，世界被某個人連接了一瞬間，不久之後，有兩個另一個世界的人類因為這件事意外死去和失蹤，但，未免太過巧合了吧？」

「你還知道些什麼……？」我望著校長追問：「為什麼會是我？為什麼也會是我的家人？」

現在，我的心情像是悲傷也有憤怒，連自己臉上是什麼表情都不知道了。

「我不知道……跟夏洛克分別之後，我再沒有看見過他。我只是聽從『母親』的指引和預言來到這個世界，沒想到預言的紛爭真的會出現，也沒想到『她們』會真的發生紛爭起來……

這是我最近才知道的事。雖然沒有受到更多的指引，但我仍然要走這一步，阻止這場『遊戲』。」

指引和預言嗎？

換句話說，就是那些龍族根本曉得卻假裝不知道未來的事嗎？

如果夏洛克打算試探我的「慾望」，「母親」應該知道未來發生的事吧？我不會殺掉

「她們」，那個「母親」會相信我嗎？還是會試探我們？

既然被稱為「神」，祂應該會知道未來吧。

「你沒有但我看見過他。」我冷冷說道。

「在那裡？」校長用驚訝的眼神望著我。

「在月兒回來之後的連續兩晚，我都夢見一個白色長髮、長鬍鬚的老頭，坐在我客廳。我也和他對話，內容是談及『魔法生物』……但是，流馬卻說自己看到一個性感的大姊姊。」

「雖然，我們進入夢境是可以隨意改變自己的樣貌和性別，但夏洛克卻沒有這樣做。」維爾說道：「我敢保証，你所看到的夏洛克是真的。」

「你知道理由嗎？」

「抱歉，那個我就不清楚。但如果換作是我，明知道自己壽命不長了，當然用真面目視人，但你說的流馬同學卻不是，大概你們之間有著一種淵源吧？」

「如果你這樣說的話……錯不了，我的爸爸媽媽是被他害死的！」我低吼起來。

「那兩個犧牲者，真的是你的雙親沒錯吧？如果假設真的成立了，那麼他的動機……」維爾苦笑。

「我只想殺了他……」我沒有理會校長的反應，蠻橫的中斷他的話。

沒錯，現在我的目標只有夏洛克。

校長突然沉默不語，一直望著我。

「我不知道我會何時，我會怎樣回到自己的世界。但是，你會怎樣過渡世界？」

我感到語塞，一直望著校長。

也對，我是怎樣才會到達那個世界？要殺死所有的「她們」嗎？要遊戲結束才能到達那個世界嗎？那時已經……太遲了吧！

「可惡……」我深深感到一股無力的憤怒。

「說得更實際一點，假設你面對面看到他，你有能力把他殺掉嗎？」

面對他的咄咄逼人，我竟然無言以對。

「雖然，我很明白你的心情，但如果你現在就這樣子跟他打起來，輸的，會是你。我們魔法師之間要分出勝負的話，就是比較誰的魔力、魔法的控制較強。」

這種事我居然忘記了……我不是魔法使，我只是一個「操同使」，用的，是月兒的魔力，而她的魔力使用也有限的，面對可以跨越世界的強大魔法師，我那一丁點能耐根本不算是什麼……

「不管何時，當你冷靜想通之後可以再來找我，現在最重要的是，你們得要快讓魔法生物覺醒才行，那時，才會得到真正的變強。」

「……覺醒？」

當我回過神來時，校長已經站了起來，「那麼我先離開，接下來，是你們兩人的時間了。」

二人的時間？

校長轉身離開，我才發現月兒已經站在天台門口那邊。

月兒向他打了一個招呼之後，校長點頭就離開天台。

「冬司……你沒事了嗎？」月兒慢慢地向我走過來，走到我面前就停下了動作。

她的視線望了我一眼，就移到旁邊的鐵絲網。

「已經沒什麼了。」我的聲音仍然有點沙啞。

難得因為談話而稍為平復的心情，卻被最後的談話而再次打入谷底。

她就這樣坐在我的身邊。視線就一直望著我，沒有像剛剛游移了。

「我聽到……冬司的家人……不在了……」

我從來都沒有跟月兒提到我家人的事，她會知道大概是因為她從剛剛開始就聽到吧。

「剛剛的事，妳全部都聽到了嗎？」

「嗯……」

「那為什麼妳會知道我在這裡？」

「因為……冬司經常……帶我來。」她突然垂下頭，兩隻兔耳朵也跟著半垂了。

「但是……月兔……是家人。」

溫暖的感覺衝擊了我的心窩。原來早就某個時候開始，月兒真的把我當成家人般對待。還記得第一次見面時，她一直把我叫作媽媽……不對，這樣的話，大概還是兔子時，就一直把我當作家人看待吧？任何時候的她都很喜歡黏著我身邊。所謂的靈性就是這種意思嗎？

但是，我呢？

我只會想著家人回來的事、拚命保護著月兒，甚至為月兒死去一次。但那又怎樣？聽世音說和那晚月兒治癒流馬時，我已經更加清楚知道自己是被月兒救回來。但那又怎樣？一切對她重要嗎？我自己一直做著自己以為對的事，以為是為月兒好的事，但到頭來就像現在一樣，被她擔心，忽略了她的想法。這樣的我到底算什麼……

對了，現在的月兒不再是兔子，她也算是個人，也有著自己的情感和想法，自己擔心的事。即使世音經常向我這樣說也好，現在我才真真實實地感受到月兒的心情。

而且，她也是家人……我的家人。

現在的我才發現這種事……我真的可以被月兒原諒嗎？

「對喔……月兒也是我的家人。縱使我的爸爸媽媽不在了，但現在的我也有妳，有著一個很重要的月兒。而且，我也更不應該向妳隱瞞自己的心事和想法才對……」

突然，我的嘴唇感到一股柔軟而溫熱的觸感——

我回過神來，月兒的臉跟我很近，我發現到的同時我被她吻了。然後，她的嘴唇慢慢從我的唇上離開。

是說，我被月兒吻了嗎？太突然了吧？

「妳妳妳妳在幹什麼？」我不禁脫口叫著。

因為這是我的初吻，原以為會被世音拿去的初吻就這樣被兔子……月兒奪去。不，這是我一廂情願的想法吧？

我感到連自己的耳根也燙了起來，總之，大概是該紅的地方都紅透了吧？

但是月兒的臉卻比我更紅，她的呼吸比剛剛的還要急促了許多，小嘴也好像呼著氣息出來。

「冬司……我很熱……」

「啥？……」她突然向我的方向軟倒。

「月兒？」我接住了她，不停地叫喚著，但是她卻沒有任何回應，我撫摸著她的額頭，指尖傳來的是一陣的燙熱。

「怎麼會那麼突然……哎、痛！」

我低吟了一下，還以為這種情況是又被月兒咬乳頭時，卻發現自己胸口的符文閃爍著光芒。但不是以前我使用魔法的代表火焰的橙紅色光芒。

那是一種，像是代表著月兒的純白光芒，但又偶爾閃了一下緋紅色的光出來。

我的符文所發出的白色和紅色光芒就像和月兒的心跳同步了一般，噗咚、噗咚地閃耀著。

……更重要的是，你們得要快讓魔法生物覺醒才行，那時才會得到真正的變強。

剛剛校長離開時所說的話清晰地閃過我的腦海之中。

到底……所謂的覺醒又是怎麼回事？

ch6

潛伏在另一邊的影子

太陽已經從地平線上消失，窗外和房間內的只剩下漆黑。

我坐在床邊多久，我已經不知道了。望著昏迷在我的床上的月兒，我早就忘記了時間的流逝。

我被月兒吻了之後，她就突然發起高燒！

我好不容易辦理好早退手續和揹她回來，卻只能呆望著她的睡臉，只是一個代表愛慕的親吻，為什麼可以變成這個樣子？

答案，我一直都想不通。

我應該要帶她去看醫生嗎？

但是，她不是人啊……還是她現在已經是一個人呢？就算世音老是說要把她當成人看待，但這個時候，我根本就不能這樣去想啊……

「冬司……」

「我在，妳覺得怎樣？」我靠近了她，她微微睜大了眼睛。

「我想……喝水……」

我衝出了房門到廚房倒了些水，回來後就扶起了她，餵著她喝水。

杯中的水全部喝光後，她再次沉睡過去。

「月兒……不要離開我……好嗎？」我放下了杯子，雙手抱著了她。

漸漸地，月兒的表情看上去比剛剛的好像舒服多了，沒有了剛剛因為痛苦而扭曲的臉容。我胸口的光芒再沒有出現過，看到這種情況，我總會有點鬆一口氣來。

我拿起月兒額頭上的濕毛巾。

毛巾早就失去冰冷的溫度，水盆內的水溫從剛剛開出來的水一樣不冰，我還在猶豫著應該換過盆水再回來嗎？但看到月兒的樣子我不太想離開她。我只好毛巾浸了一下冷水，再貼到月兒的額頭上。

就在這時，門鈴的聲音從客廳傳來。

我當然不太想去應門，但是門鈴間斷地響著，好像沒有停下來的意思。

我無奈地嘆了口氣，乾脆拿起水盆走出房間。

「這麼晚了還來我家？」

拿著剛換的水盆去開門，就看到流馬和利莉站在外面。

看來現在都十點多了吧……如果不是打工的話，流馬沒什麼可能現在來到我家。

「因為你今晚沒來打工，所以就來看看發生什麼事啦。」流馬說。

「對了，為什麼都沒開燈喵？」利莉探頭望向我身後說。

「沒什麼事啦。」

「……有人生病了嗎？」流馬指著我夾在腋下的水盆和毛巾問道。早知道就先把它放下啦……

「嗯……算是吧，月兒突然生病了。」我輕描淡寫地回了句。

「那個……月兒是誰喵？」利莉歪著頭說。

「是蛋白……要解釋的話要費很久的。」

「什麼？蛋白生病了喵？」利莉就激動地叫著，沒等我的回應就擅自衝入我的家門了。

「既然都來了，俺們就順道探望一下蛋白又如何呢？」流馬認真地看著我。

原本想叫他們離開的我，已經沒有把關心月兒的他們給掃出家門了的機會了，不過這樣也好，至少月兒她真的有關心自己的朋友，而不是敵人。

「……隨便你們吧，記住要安靜一點。」

我端著水盆，轉身走進了房間。

流馬跟在我身後。

「為什麼連利莉也在這裡？」我把毛巾放在月兒的額頭上後，望向流馬。

「因為我也想跟流馬一起去打工喵，又可以減輕他對我的負擔又可以整天在一起，不是很好嗎？喵？」

從利莉的語氣聽上去她好高興的樣子……是啊，因為今日的事太混亂了，連之前他們都有提及過的利莉也要打工，我也忘得一乾二淨。

「話說回來蛋白為什麼會突然間生病了？」

「我不知道……她吻了我之後就突然暈倒，然後就發燒了。」

其實之後的那句話，我還很猶豫是不是該說出去。但對方是流馬，其實都沒有什麼好隱瞞吧。

「欸、欸！蛋、蛋白跟冬司接接接、接吻了喵？」利莉激動地叫著，雙手也按著自己臉龐。

……就算我知道妳也喜歡月兒用不著這麼大反應吧？我忍不住翻了個白眼，妳的正室可是流馬耶。

「只是一個吻就病成這個樣子？」流馬有點錯愕。

「嗯……」我不太靠譜地回答他。

「沒有看醫生嗎？」

「……我怎麼知道人類的藥物和治療法對她有沒有用啊？」

「說得也是……哇？」

「好棒啊！我也想跟流馬接吻耶！」利莉突然抱著流馬。

這個笨蛋貓女，根本沒有把我的話聽進去！

如果她被吻了的話，下場是跟月兒一樣連原因也不知道就病倒吧？

「放開俺耶！啊，對了，冬司，剛剛打工時我遇到校長喔。」

「他有沒有跟你說什麼？」我下意識地望著流馬，全場的氣氛突然靜了下來。

「嗯……他說了很多俺不明白的事，甚至自己原來是用假名的都說給俺聽。起初俺都不太相信的，他在俺面前使出過一次魔法之後，俺深深受教和明白了。」

「不明白的事是指什麼？在那麼多人面前使用過一次魔法，不會造成混亂嗎？」

「那時剛剛的事了。在俺下班時校長剛好來了。他買個東西後，俺跟他到附近沒有人的小公園，他才安心地使出魔法和跟俺談這些話。

「原來啊……他一早就看得出利莉和蛋白是『魔法生物』，難怪會這麼輕易讓她們入學啦，原來是因為她們都很會記東西。」

校長隨便地讓利莉和月兒入學的原因，我早就想清楚了。

他和卡娥絲都提及過魔法生物繼承了龍族的超強記憶力，而且，利莉也在我面前背過幾頁書出來，除了集合並團結我們之外，還招收不得了的「文科之寶」，提高這所學校的及格率，雖然不多但這種一石二鳥之計校長還真行哩。

「所以呢？就算使用魔法，校長應該是使出大規模的魔法吧？這豈不是更危險被人看到？」

「不。」流馬向我攤了攤手。

因為他穿著黑色衣服的關係，很難才發現到衣服之下幾乎相同的暗紫光，然後，黑色的菱形水晶在流馬的掌心形成。

「冰之幕。」流馬打開了窗，向窗伸手之後他手上的所謂的「冰」化成更少的冰粒像機關槍般向外射出。威力看起來不太強的樣子。

不過……

「這是冰嗎？剛剛怎麼看都像是水晶吧？」

「這點校長有跟俺解釋，這是俺的「同步能力」，模仿……不過這個俺一早就知道了。但是如果是模仿出來的魔法有屬性關連，就用剛剛的冰屬性為例，是一塊沒有溫度的水晶但也擁有著凝結的特性。

剛剛的魔法的原理就是以最少的魔力凝聚物件，然後逐點射出。雖然威力不大，但是可以造出牽制的效果。

「然後校長跟俺說想我們加入他們，極力避免紛爭。因為他不想再看到生命的消失，透過集結『操同使』，違反老頭造出來的無謂遊戲。」

「那麼你知道發生過什麼事嗎？」我追問道：「在我們和魔法生物之間，曾經發生過的事情。」

「如果要說的話是很長的事耶……該怎麼說呢……」

「夏娃？」

「對，那麼之後的你也知道了吧？」

「嗯。」我點頭回應。

「只是俺也沒想到，卡娥絲會有著那種的過去。」

看來校長……，不，維爾他真的很想我們跟他合作，阻止這場復仇劇。

現在的我比較有點想通了，我一個人根本做不了什麼，就連跨越世界我也做不到，就連維爾，也好像靠那個「母親」才能這樣做。

「但是，想到一點俺就很不滿，所以，俺還在考慮要不要加入？」

「什麼事？」

「俺不爽卡娥絲。」我輕笑了一下，原本緊繃的心情一口氣放鬆了下來。

卡娥絲的性格有時真的很惹人討厭，特別在故意有意地指使我們這樣子，不過，這也沒辦法，她真的幾乎沒有跟「我們」接觸，校長說她的知識是從書本中和平常的觀察學回來的，就只怪她到底看了怎麼樣的書和感受了怎麼樣的事情而已。

「……別笑了！欠揍喔！」流馬咧著牙威脅。

我忍不住笑得更大聲。

「你怎麼想？」他收起了玩笑的神色，突然問道。

「不知道……再說吧！」我聳聳肩。

「……是嗎？」流馬深吸了口氣，起身，「都這麼晚了，吵到月兒就不好了。

「明天學校見吧。」我輕輕摸了摸月兒的睡臉。

「晚安。」

「晚安，蛋白，妳要快點康復喔喵。」利莉也摸了月兒的臉頰一下，然後跟流馬離去了。

我送他們走出門口，隱約聽到家門被關上的聲音，然後，我聽到利莉像是在哀求流馬說話的聲音……錯不了，我肯定有聽到「接吻」這個字。

那個笨蛋貓女！真的天不怕地不怕啊……

又過一會，世音打開了我們家的門走了進來，來到我的房間。

「蛋白她現在好了一點了嗎？」

「看樣子像是好了一點，但還是沒有要醒過來的跡象。」

「……冬司你到現在應該還沒吃飯吧？」

「嗯，但我不想離開她。」

「你應該也休息一下吧！如果連你也照顧病人照顧得也累倒而生病起來，那又怎麼辦？」世音把我從床邊拉起來，把一個便當袋塞進我懷裡，「來，這是晚餐的便當盒。」

「伯母那邊……」看著晚餐，我才想起還未跟世音媽媽打過招呼。

「我向媽媽隱瞞了你沒去打工，留下來照顧蛋白的事……反正，別管那麼多啦！去休息一下吧！」

「也好——那我先去洗個澡，月兒暫時拜託妳了。」

世音大剌剌地揮了揮手，二話不說把我往門外推。

直到深夜，月兒還未清醒。

為了不引起爸媽的懷疑，世音不得不離開。

臨走前，又是威脅又是叮嚀我不要忘了休息，又說明天一早會帶早餐過來，看看月兒的情況。

我苦笑地應付著她的叨絮，好不容易送走了人，小小的一方斗室又剩下一片靜寂。我回到房間，就著微弱的燈光，半靠坐在床邊的地板上看著床上的月兒。

她的睡臉仍然很平和，呼吸也很沉穩，但臉仍然很紅。

我摸了她的額頭，仍然有點燙。

「月兒，趕快醒過來吧……」

我在她的耳邊低語。

靠著她，一天的奔波疲憊令我也模模糊糊地沉入了夢鄉。

夢裡隱隱約約，我的頭好像一直被撫摸著，很舒服……很懷念的感覺。是媽媽嗎？

我睜開雙眼，然後往上看——那是月兒的手，月兒一直坐在床上摸著我的頭。

「月兒，妳沒事了？」

我整個人驚喜得彈了起來，立即把手背都貼到月兒的額頭上量度著她的體溫……沒有昨日那麼燙了，表示已經退燒了吧？

雖然臉仍有點紅，但光是這樣也令我安心很多。

月兒還是老樣子，點頭回應我，不過，大概被我嚇到了吧……她的耳朵豎直起來望著我。

不過光是看到她能夠給我回應，對我而言已經是太好了……

月兒突然抱著了我。

「怎麼了？」

「媽媽……我是不會……離開你……」

這不就是我昨日在說的話嗎？原來真的傳達到給她啊……

我輕笑，「先這樣吧？今日妳就請假，再看看病情如何，好嗎？」

「……不要。」月兒立刻拒絕。

望著她倔強的表情，我大感為難，「但是妳能夠下床嗎？身體真的已經沒事了嗎？」
「……沒事。」月兒鼓著臉，大眼一眨不眨地望著我。
「那好，妳就先去梳洗吧！我先去弄早餐了囉。」
難得她還會擺著這副表情，我失笑地妥協。
「……媽媽。」
「嗯？」
「昨日……謝謝你。」
月兒十分感性地抱著我，同時，肚子咕嚕的聲音響起來。
她紅著臉，一臉無辜地看著我。
我才想起到昨日為止，月兒完全沒有吃過東西，大笑了一陣，趁著她下床梳洗到廚房準備兔食去了。

匆匆忙忙解決了早餐，我和月兒趕到教室。
不久，流馬和利莉也來了。
「嗚喵！蛋白真的沒事了嗎？」
利莉看到月兒就立刻衝了過來抱著她，在她的臉上磨蹭著，「嗚……我還以為……我還以為以後可能以後不能相見了喵！」
「……妳這個烏鴉嘴。」我立即用手刀輕輕打了她的頭一下，「妳這不是好好地抱著她了嗎？」

利莉沒有理會我，繼續抱著月兒臉對臉磨蹭。

而流馬則是輕笑了一聲：「這樣利莉就放心了，她昨晚煩了俺很久。」

這時，卡娥絲也從門口走了進來。

她望了我們一眼之後，從手提書包內拿出一封粉紅色的信，靜靜地塞進抽屜裡，打開看著。

月兒冷不防走了過去。

卡娥絲正全神貫注地低著頭，突然被月兒嚇到忍不住跳了起來。

「那個……月兒打擾到妳了嗎？」我走過去問道。

「不……沒……不是啦！她打擾到我很多呢！哼！」卡娥絲彆扭地轉開頭。

「那我便代她向妳道歉，對不起……」我點了下頭，手一伸就把月兒拉走，「那是別人的信耶，妳知道私隱這東西嗎？」

月兒偏頭望著我，一臉無辜。

我無奈失笑，看來，今晚要跟她補補課了。

「呃……冬司……」卡娥絲一臉欲言又止。

「怎麼了？」我回頭望了她一眼，難道……她要月兒對她的私隱負起責任嗎？這傢伙，好像也不是這麼小器的人啊！

卡娥絲張了張嘴，最終頭一偏回了座，「不！沒什麼……」

我見狀，鬆了一口氣放心了。

校園生活大同小異，沒什麼好贅述的。

轉眼間，時間到了放學後。

我如常到兔屋照料兔子們，而月兒還是一如以往跪坐在裡面，足足矮我一個頭，不計那雙耳朵的話，身子嬌小得讓我忍不住驚嘆。

我整理好雜草，換過水和餵食之後，就在一旁看著月兒跟兔子們玩。

現在的月兒，反而像是代替了我……不，自從她再次回來之後，就一直喜歡跟那四隻兔子玩，而牠們又順著月兒的意，又很喜歡黏著她，特別是其中那隻黑色的兔子。

這是當然的，誰叫月兒真的是由兔子變過來的！

不管其他人信不信，反正我信了……看到魔法這玩意，「世界」原來真的比我們所想得還要大，這個宇宙原本已經大得我們人類超乎想像，原來，真的還有其他不同的平行世界存在著。

還以為我們會永遠是宇宙中的孤獨旅人，原來，在這個「地球的另一邊」也擁有著自己的同伴，只是我們不知道，只是我們無法找到他們而已。

而現在，這些事對我而言都不再是白日夢了……

我坐在兔屋門旁，一邊仰望充滿霞彩的橙紅色天空，一邊想著這些事，冷不防，轟隆一聲巨響嚇到了我！

聲音聽上去真的是附近發生的事，距離好像很近，會是因為火災現場的關係嗎？還是我的錯覺？

「月兒，快走吧！附近好像發生意外，動作最好快一點。」

「但是……兔子們……」

……也對！如果意外是學校之中的話，可能會不幸地波及到這裡的兔子。

就在我左右為難之時，世音匆匆跑來。

「冬、冬司！不好了！」

聽到她的聲音，我轉過頭，「怎麼了？附近真的發生什麼事嗎？」

她深呼吸了一下，說：「流、流馬和利莉和卡娥絲……」

「她們三個怎麼了？」該不會那對冤家真的打起上來吧？

「咳咳……他們三個正在操場戰鬥！」

我忍不住倒吸了口氣：「不是吧……那麼剛剛的爆炸聲就是……」

世音連忙點頭。

「月兒……」我望向了月兒。

「一起，去阻止卡娥絲她們吧！」她就像知道我想怎樣一般，向我點頭。

「世音，可以先幫忙關上小屋的門嗎？」

我扔下這句話，還未等沒等世音的回應就先往操場的方向跑去。

月兒也立刻追到我的身旁。

「喂——冬司，等等我！」世音遠遠叫道。

聽到我很想拉著她們兩個的手，但，現在的事態根本容不下回頭的時間。

我不懂！

為什麼明明要團結我們，卻要跟流馬開戰啊？

我匆匆奔到操前的階梯，突如其來的怪風吹向我一下！

我本能地舉起雙手保護著自己，而後再次望向操場上，展開了龍翼的卡娥絲，正漸漸向流馬迫近。

我追上去的話，會不會趕不及？我正要起跑的時候，有人抓著了我的手。

我回望了一眼，那人正是月兒。

她帶著自信地點了頭，然後走到我的面前，背對著我，向流馬和卡娥絲他們的方向伸出右手。

轟隆隆隆隆隆——白色的閃光剛好落在他們的中間，怒濤的咆哮，比剛才的爆炸聲還要更震撼，宛如憤怒的蒼天落下的一道神雷般震撼。

「快住手——」月兒低喝，剛剛被擊中的位置，現在是一大塊被高溫燒焦的土地。

「卡娥絲！」我大叫著卡娥絲的名字。

這個距離我看得很清楚，她正用著平常幾乎不會掛上的表情望著我，那是種像是做錯事而被抓包的驚訝表情。

「妳知道妳在做什麼嗎？」我立即衝下階梯，跑到她的面前。

「我……我根本沒有那種意思……」卡娥絲垂下頭，背後的龍翼也立即收起來。

「對啊，冬司，這只是俺和卡娥絲之間的私人恩怨罷……」

「私人恩怨？我看著流馬的樣子，登時有點憤怒起來，「你這樣子叫作私人恩怨！別開玩笑好嗎？」

明明要我們團結一致，現在卻向流馬和利莉下毒手，怎能原諒？

「住口！俺只要揍一下卡娥絲就會滿足。」流馬急躁地揮揮手。

「可惡！你這樣子根本就不能叫解決私人恩怨……」我忍不住低吼，鬥成這樣子，根本就是單方面的虐待……

「如果要擊中的，剛剛的黑雷已經狠狠地擊中我了。」流馬輕哼了哼。

「所以，你就要實踐你的承諾，加入我們。」卡娥絲收起了左翼，還展開了右翼擺到自己的面前，翼上，有著一道頗為深的傷痕。

流馬不服氣地望著卡娥絲。

而我則深深嘆了一口氣：「你們到底在搞什麼？」

地點轉到第三會客室。

才剛進去，流馬很快地坐在沙發上。利莉和世音也是。

而卡娥絲就坐到他們的對面。

我聽著卡娥絲說著剛才發生的事的原由，頭一次覺得流馬真的很幼稚。

雖然，他不爽卡娥絲已經不是剛剛知道的事，但居然還會大打出手，最後卻輸掉……幸好，卡娥絲故意被流馬打就是了。

「既然有句說話是不打不相識的話，你們的感情會變好了一點吧……」我無奈地這麼希望。

利莉好像很累的樣子，一直就靠在流馬的旁邊，貓耳比平常還要垂下來，尾巴也無力地掛在旁邊。

「操同使的魔力來源是來自魔法生物，這點你們應該知道了吧？利莉因為流馬的關係變得疲倦，這就是使用魔力的最佳例子了。」

「嗯，我知道。」眼看流馬好像沒有想說話的意思，我開口附和。

「那個，我有個問題想問了很久，我又不是操同使，為什麼連我也要加入這種奇怪的社團喔？」世音問道。

「因為，妳和兩位操同使有關係，再加上……以後可能突然有事要妳的幫忙。」卡娥絲神祕兮兮地說道。

「有事要我幫忙？例如呢？」

「不知道！以後的事以後再說吧……咦？」

月兒走到卡娥絲的背後摸著她的背。

話說回來，剛剛的龍翼這麼大，沒想到只是穿了一個洞就完事，還以為，整件校服都會被弄破到連穿都成問題。

「怎、怎麼了？」卡娥絲有點驚慌。

「……傷口。」月兒輕輕說道。

我繞過去後面看了看，上面的確有著很深的燒傷沒錯，大概是和龍翼的皮膚是有相連的吧……

「只是小意思啦，很快就會康復的……哎，痛……」

卡娥絲還未同意，月兒已經對傷口施展魔法，那個傷口很快就復原了。剛剛的傷口就像騙人一樣。

「……真的很愛管閒事，我才不會謝謝妳喔！」卡娥絲先是瞧了我一眼，然後再把視線慌忙地移開。

看到傷口消失之後，月兒就坐到卡娥絲的旁邊。

這樣的舉動，令我突然想起今早的事。

我看了卡娥絲一眼，開口：「對了，卡娥絲，今早妳好像有話要跟我說嗎？」

「咦？不！沒有。」卡娥絲眨了眨眼睛看著我，語氣好像有點驚慌。

但流馬卻啐了一聲。

卡娥絲看到他這樣子之後好像有點不服氣，但是又把頭垂了下來。

「……到底是發生什麼事啊？」我微眯起眼睛追問。

卡娥絲深呼吸了一下，然後轉過面對我說：「冬司，之前的事……對不起。」

「之前的事？」我歪著頭想了想，怎樣想也想不起之前什麼事……

「喔、喔——你怎可能忘了啦！竟然害我擔心了那麼久！冬司是大笨蛋！」

「噗，連俺也白白生氣了一場呢！原來你一直都沒有放在心上啊，笨蛋傢伙。」流馬嘆了大口氣之後，就站了起來。

「嗚、嗚……流馬要去那裡喵？」利莉連忙抬起頭。

「當然是回家了囉，俺還要打工呢。」

「是、是呢……我也要……我也要去打工喵。」

「嗯……但是妳很累的樣子啊？」

「……沒事的！沒事喵！」利莉勉強站起了身子，腳步也顯得不穩。眼看她快要跌倒時，流馬一把抓著她的手，「妳還是休息一下啦。」

「我不要！我不要！我不要！喵！」

「……真沒妳辦法。」流馬就牽著利莉……其實應該是拉著她的手嗎？離開了房間，走到門前，他突然回頭扔下了這句話，說完就離開了。

「就算俺加入，平常的俺也要去打工，過了這個兩星期之後我才有空報到。」

而疲累的利莉也變成靠著他的身子、挽著他手臂離開。

話說回來，到底我做了什麼令到眼前的卡娥絲擔心……

「喔——我記起了，大概是昨日的事吧？」我拍了一下手。

「看你這個樣子好像剛剛才記起呢，笨蛋冬司……」卡娥絲撇了撇嘴。

在我們說話的同時，月兒已經把身子都靠到卡娥絲身上，頭靠著她的肩膀睡著了。看來，剛剛的那道雷和治癒都消耗月兒不少的魔力……

而卡娥絲看到月兒這個樣子，都好像快哭起來了，到底為什麼呢？

「卡娥絲？沒事吧？」世音問道。

「沒事！怎會有事呢？哈哈哈——」卡娥絲笑得很牽強。

「卡娥絲，我決定了，我也要加入你們。」

「是、是嗎？那麼下次再團聚的時候，我們應該要舉辦一個儀式才對。」卡娥絲雙眼一亮，神色登時振奮了起來。

「儀式？」我和世音一起問道。

「輪、輪舞曲。」卡娥絲說著，總覺得語氣上聽上去快要哭。

「那是什麼意思？」世音追問。

「在……在我們的世界中，有種舞蹈叫輪舞曲，是種手牽手繞圈圈轉的舞蹈，雖然，在這個世界裡好像沒什麼意思，但在我們的世界裡，這代表著成為朋友和在大家一起的意思……哈哈。」

卡娥絲乾笑了一下，再看著月兒的睡臉，眼淚突然湧了出來。

「幹……幹啥突然哭了？」世音走了過去，安慰似地摸了摸卡娥絲的頭。

「朋友……很久也沒有這種感覺呢！嗚……哈哈……嗚啊啊……」

朋友、夏娃——我很自然地把這個聯想起來了。

朋友嗎？看來卡娥絲已經把我們當成朋友呢。

而我，明明我自己都堅決不再接受世音和流馬以外的人了，但沒想到，現在我的生命之中多了月兒、利莉和幸誠先生……這三個人呢！

「……操同使！」

天台上，少女伸出了手，微微揚起了嘴角。

結界，被一道白雷打破了。

天空就像碎片一樣飛散到地面，但所有的碎片就在半空已經幾乎是消失的狀態，而她手上剛好接著了剛才的天空的碎片。

但不過一秒鐘，碎片已經飛散而去了……

to be continued

後記

審稿期居然是十四日。

當初看到，就抱著玩玩的心態把原稿丟過來這裡。

但我從來都沒有想過稿子過關居然是這麼乾脆的事呀！

那麼，初次見面。看過的人就會看過，我是竹日白。就跟白紙一樣的經驗為零兼幾乎沒有人知道其存在的作家喔！

從蛋繃出來的獸耳娘，莫名其妙地成為「魔法師」的情節不知道大家會喜歡嗎？倒不如現在先揭開這個故事的幕後設定吧！

原本這不是什麼看似悲壯，只是冬司單純地撿到蛋並決心把蛋中的少女養育，最後會被奇怪的人接收回去的故事。但結果寫到一半也沒有就完完全全卡住了。然後各種奇怪的想法在腦海之中跳出來加以整理之後，直到寫完第二本，才驚覺到把整個故事已經修改成一個系列是完全沒辦法交代任何細節，結果又要開始構思前傳及後續的故事。

篇幅這樣就用了一半，那麼就進入慣例的感謝詞……不過我先想向幾個人和東西感謝。

首先是弓弦老師。

如果不是您的作品，我大概沒有可能會想寫小說這種事情；如果沒有ＩＳ，我現在可能還是一個對前路感到迷茫和毫無目標覺得活著就好的人而已……

第二就是遊戲王。

如果問我為什麼要感謝卡片遊戲，這並不是毫無理由。我當時在俗稱「抄牌網」中找到合心水的牌組，並打算用電郵傳給自己並在手機打開網頁隨時參考的之前，我發現了過稿信。嗯嗯，那時我沒有再開ＭＳＮ一個星期了吧，看看日期已收到一日，看到過稿信後我都不敢相信那時面對的是不是現實了，明明就過審稿期過了以為失敗（用手機看），卻因為這個動機而看到過稿信。

如果沒有看到的話，我現在會在做什麼呢？

然後就是某討論區的Ｈ大。

縱使不熟識，如果我不是看到您的同人作品，我絕對相信我自己還是一個在自ＨＩＧＨ寫文，只知道爽就好的寫手。但看到您的作品哭過幾次之後我開始反思，也下了個決心——我想把故事寫得更好。就因為您的作品，我才有更大的動力支持到現在。但結果我怎樣都沒想到，我們同時間在同一家出版社將會出書。這算是某種緣分吧。

感謝責編，以後我會加油去寫的，也感謝畫師，豎起的兔耳太可愛了；然後就是感謝家人和中文科老師，當初跟你們說我要做作家還以為會被炮轟「書都讀不好」及「相由心生呀你」之類似的說話，結果是支持我的說話，這令我放心了不少去寫自己的故事；然後也感謝有跟你們說這個祕密的朋友默默地支持我，最後就是買下這書的讀者們。

那麼，有緣再見！

四、注意事項：

★ 投稿者之作品須有完整版權，繁簡體實體書出版權及電子書版權。
★ 請勿一稿多投。
★ 投稿作品如有涉及抄襲、剽竊等情事・無條件立即終止合約並針對出版社損害於予追究。

【輕小說畫者募集中】

三日月書版徵求各種不同風格的畫者，請踴躍提供參考作品及聯絡方式，審核通過後我們將與立即與您聯絡。

一、投稿插圖檔案格式：

★ 投稿格式。

1. jpg檔案，解析度72dpi，圖片大小像素800X600。（請勿過大或者太小）
2. 來稿附件請至少具備五張彩稿及三張黑白稿或Q版圖片
3. 請投電子稿件，不收手繪原稿。
4. 請在電子郵件中以「附加檔案」的方式將作品寄送過來，切勿使用網址連結。
5. 投稿作品請使用不同構圖之作品，黑白部分請勿僅以同樣彩色構圖轉灰階投稿，來稿請以近期作品為佳，整體構圖需有完整背景與主題人物。

二、投稿信箱： **mikazuki@gobooks.com.tw**

★ 電子郵件標題：「繪圖投稿：(筆名)」。

★ 真實姓名、聯絡信箱、電話及畫者的個人基本資料，若無完整資料，恕不受理。

★ 收到投稿後，編輯會回覆一封小短信告知，如3天內未收到編輯的回覆，請再進行確認唷。

★ **審稿期為7個工作天。**

涼夏三日月LUNA陪你放暑假
三日月書輕小徵稿

你喜歡輕小說，光看不過癮還想投筆振書嗎？
你自認是有才又多產的寫作高手，卻一年又一年錯過多到讓人眼花的新人大賞資訊，
找不到發揮的空間跟管道嗎?
沒關係，不用再搥胸頓足、含淚咬手巾地等到下一年

三日月書版輕小說，常態性徵稿活動即日開始囉！

【輕小說稿件募集中】

一、徵稿內容：

★ 以中文撰寫，符合輕小說定義之原創長篇輕小說。

★ 撰稿：題材與背景設定不拘，以冒險、奇幻、幻想、浪漫青春、懸疑推理等風格為主，文風以「輕鬆、有趣、創意」，避免過度「沉重、血腥、暴力、情色及悲劇走向」的描寫。主角請勿含BL相關設定，配角為耽美BL設定請視劇情需要盡量輕描淡寫帶過。

★ 字數限制：每單冊7萬字～7萬五千字(計算方式以Word工具統計字數為主，含標點符號不含空白為準。)
稿件已完成之長篇作品，請投稿至少前三冊，並附上800字左右劇情大綱及人物設定，以供參考。
未完成創作中稿件，投稿字數最少為14萬字，並附800字劇情大綱及人物簡介。

★ 投稿格式：僅收電子稿，不收列印之實體稿件。

★ 一律使用.doc(WORD格式)附加檔案方式以E-mail投遞。且不接受.txt、.rtf等格式稿件，與直接貼於信件內的投稿作品。請將檔案整理為一個word檔投稿，勿將章節分成數個檔案投稿。

二、來稿請附：

★ 真實姓名、聯絡信箱、電話及作者的個人基本資料、個人簡介、800字故事大綱、人物設定，以上皆請提供word檔，若無完整資料，恕不受理。

三、投稿信箱： **mikazuki@gobooks.com.tw**

★ 標題請注明投稿三日月書版輕小說、書名、作者名或作者筆名。

★ 收到投稿後，編輯會回覆一封小短信告知，如3天內未收到編輯的回覆，請再進行確認喲。

★ **審稿期為30個工作天**，若通過審稿，編輯部將以email回覆並洽談合作事宜。

高寶書版集團
gobooks.com.tw

FW003

出包魔法使01

作　者　竹日白
繪　者　白冬
編　輯　王藝婷
排　版　趙小芳
美術編輯　陸聖欣
出　版　英屬維京群島商高寶國際有限公司台灣分公司
Global Group Holdings, Ltd.
地　址　台北市內湖區洲子街88號3樓
網　址　gobooks.com.tw
電　話　(02) 27992788
電　郵　readers@gobooks.com.tw（讀者服務部）
pr@gobooks.com.tw（公關諮詢部）
傳　真　出版部　(02) 27990909　行銷部 (02) 27993088
郵政劃撥　19394552
戶　名　英屬維京群島商高寶國際有限公司台灣分公司
發　行　希代多媒體書版股份有限公司/Printed in Taiwan
初版日期　2012年8月

國家圖書館出版品預行編目(CIP)資料

出包魔法使01 / 竹日白著. -- 初版.
-- 臺北市 : 高寶國際出版 , 2012.08
冊 ;　公分. -- (輕世代 ; FW003)

ISBN 978-986-185-739-8（第1冊 : 平裝）

859.6　　101013329

三日月

三日月

GOBOOKS
& SITAK
GROUP©